1919
유관순

1919 유관순

그 녀 들 의   조 국

글 윤학렬 · 이은혜 · 김예천

힐링21
Healing21

3·1운동 100주년과 대한민국 건국 100주년을 맞이하여 개봉된 〈1919 유관순 그녀들의 조국〉는 유관순의 삶을 다루는 동시에 서대문형무소 '여옥사 8호실'에서 유관순과 함께한 분들의 이야기를 다룬 영화입니다. 조국의 독립을 위해 태극기를 들고 일어선 유관순은 어떤 들끓는 용기로 옥중에서도 대한 독립 만세를 외쳤을까요?

당시 여성들은 여자로 태어난 성별보다 억압적인 환경에서 사회의 틀에 맞춰 '여자'로 만들어졌습니다. 하지만 유관순의 부모님을 비롯한 가족은 그를 여성이라는 틀에 가두지 않고 평등한 기회와 권리를 늘 일깨워주었습니다. 이러한 가정교육과 애국심이 유관순에게 여성을 넘어 나라를 지키는 국민으로, 독립을 이루려는 열사로 모두를 향해 만세를 외치게 만들었을지도 모릅니다.

열여덟 나이에 옥에서 생을 마감한 유관순. 감히 상상할 수도 없을 만큼 나라를 사랑한 그의 마음과 소녀들의 굳은 투쟁 과정을 보면 가슴이 미어집니다. 유관순은 물론 그와 함께 수감된 여성 독립운동가, 빼앗긴 나라를 찾겠다는 의지 하나로 투쟁한 모든 여성 독립운동가의 이야기가 여기에서 그치지 않고 연극, 뮤지컬, 드라마 등 다른 매체에도 널리 뻗어나가길 기원합니다.

3·1운동은 세계만방에 우리의 민족성과 자긍심을 알린 만세운동입니다.

대한민국 독립에 목숨을 바치신 열사님들 영전에 이 영화를 바칩니다.

1919유관순 대외협력위원장 노 경 봉

차례

　　모든 문화가 새롭게 만들어지고 융복합되며 새로운 질서가 시작되는 포스트모더니즘의 도시 뉴욕, 그중에서도 고층빌딩이 숲을 이룬 맨해튼의 밤은 화려한 네온사인으로 환하게 빛난다. 뉴욕시 43번가에 한자리를 차지한 〈뉴욕타임스〉도 나름 화려함을 뽐내며 우뚝 서 있고 낮 동안 많은 사람이 드나들며 정신없던 사무실은 자정이 넘어간 지금 정적이 흐른다.

　　조용한 사무실 안 한구석에서 모니터가 푸른빛을 내고 있고 그 앞에서 한 여자가 모니터를 뚫어져라 쳐다보고 있다. 어디서 본 듯한 낯익은 인물이 크게 띄워져 있는 모니터 화면을 보는 여자의 표정이 사뭇 진지하다. 책상 한쪽에는 'Kang In Young'이라고 적힌 명패가 놓여 있다. 이민 1.5세로 〈뉴욕타임스〉 기자인 강인영은 그동안 19세기 이후 인물 중 주목할 만한 활동을 한 이들의 뒤늦은 부고 기사를 특집으로 써 왔는데 올해는 대한민국에서 1919년에 일어난 3·1운동 100주년을 맞이하여 '3·1 만세운동' 하면 대표적으로 떠오르는 유관순 열사의 기사를 쓰기로 했다.

강 기자는 아까부터 유관순 열사가 3·1운동 이후 고향 병천에서 만세운동을 벌이다 체포되어 옥중에서 찍은 사진과 유관순 영정을 번갈아 보며 첫 문장을 어떻게 시작할지 고민하고 있었다. 유관순의 사진을 가만히 바라보니 동그란 두 눈동자가 살아 있는 듯 반짝이고 눈빛이 형형했다.

'1919년 4월 1일, 아우내장터에서 민중 3천 명과 함께 대한 독립 만세를 외친 소녀.'

하지만 더는 진도가 나가지 않았다. 인터넷으로 자료도 찾고 책도 몇 권 훑어보았지만 뭔가 부족하다는 생각이 들어 글이 써지지 않았다.

"그래, 책상 앞에서 소설 쓰듯 기사를 쓸 것이 아니라 직접 그곳으로 가보자. 가서 몸으로 느끼다보면 뭔가가 있을 거야. 언제나 답은 현장에 있으니까!"

강 기자는 식어버린 커피와 가방을 들고 자리에서 일어났다.

1919년 동방의 작은 나라 조선을
뜨겁게 달구었던 한 소녀의 일생을 만났다.
궁금했다.
100년 전, 세상을 구하고 싶었던
열일곱 소녀의 용기는 어디서 나왔을까?

아우내장터에
울려 퍼진
대한 독립 만세!

"대한 독립 만세! 대한 독립 만세!"

1919년 4월 1일, 천안 아우내장터에서 수많은 사람이 손에 손에 태극기를 들고 대한 독립 만세를 외치며 뛰었다.

일본군은 총을 쏘라는 발포 명령을 내렸다. "발포하라!"

사람들 사이에서 누군가의 발에 걸려 바닥에 넘어졌던 유관순은 일본군이 쏜 총소리에 '헉' 하는 신음 소리와 함께 고개를 치켜들고 주변 상황을 살폈다. 그리고 이를 악물고 벌떡 일어나 손에 꽉 쥐고 있던 태극기를 높이 들고 다시 소리쳤다.

"대한 독립 만세! 대한 독립 만세!"

일본군이 만세를 외치는 군중 사이를 헤집고 다니며 닥치는 대로 총칼을 휘두르면서 군중을 위협했다. 관순의 눈에 맨 앞에서 만세를 외치는 아버지와 어머니가 보인 순간, 일본군이 휘두른 창검이 관순의 아버지 유중권을 찔렀다.

"관순 아부지! 관순 아부지!"

관순의 어머니 이소제가 놀란 목소리로 남편를 부르며 유중권에게
달려갔지만 '탕!' 하는 소리와 함께 일본군이 쏜 총탄이 어머니 이소제의
가슴을 꿰뚫었다. 이소제는 유중권 앞에서 고꾸라졌고 이내 바닥은
검붉은 피로 물들었다.

"아버지! 어머니!"

관순은 사람들 사이를 헤치며 간신히 어머니에게 달려갔고 이소제는
희미해지는 의식 속에서 마지막 힘을 다해 어린 딸의 이름을 불렀다.

"우리… 관순이… 관순아!…."

그때 관순의 옆구리에 칼이 스치고 지나갔고 관순은 쓰라린 고통에 악!
하는 비명을 지르며 쓰러졌다. 관순은 땅바닥에 쓰러져 죽어가는 아버지와
어머니를 바라보았다. 온몸에 심한 통증과 함께 눈에서는 피눈물이 흘렀다.
오늘 따라 유난히 푸르른 하늘 사이로 찢어진 태극기가 휘날리고 있었다.

서대문형무소
역사관에
가다

청량한 하늘에 드문드문 떠 있는 구름 사이를 비행기가 가로지르고 있다. 비행기 안에서 깜빡 잠들었다가 꿈을 꾼 강 기자는 꿈이 너무 생생해서 눈을 뜬 뒤에도 제대로 숨조차 쉬지 못하고 한동안 멍하니 있었다. 100년 전 일제의 고문으로 감옥에서 죽어간 유관순 열사가 어떤 영감을 주는 것은 아닌가 하는 생각이 들었다. 비행기가 요란한 소리를 내며 활주로에 내려앉자 강 기자는 자리를 정리하고 비행기에서 내렸다.

인천공항은 언제나 설렘을 가득 안고 떠나는 사람들과 희망에 찬 표정으로 돌아오는 사람들로 붐볐다. 그중에는 국제공항답게 멋지게 차려입은 외국인들도 많이 눈에 뜨였다. 캐리어를 끌며 입국장에서 나오던 강 기자는 휴대전화 벨소리가 울리자 잠시 멈춰 주머니 속 휴대전화를 꺼냈다. 한국에서 기자로 활동하는 윤 기자가 어떻게 알았는지 전화한 것이다.

"어, 윤 기자."

'강 기자, 한국 왔다며?'

"기사 쓸 것이 있어서…."

'이야, 얼마나 대단한 기사기에 그 바쁜 〈뉴욕타임스〉 기자가 한국까지 온 거야? 분명히 특종이지? 나한테도 슬쩍 알려주면 안 될까?'

"술 한 잔 사달라는 말을 그렇게 표현하나? 지금은 시간이 안 되니 나중에 통화하자고."

　전화를 끊고 휴대전화를 주머니에 넣는데 카메라 끈이 흘러내렸다. 강 기자는 카메라를 다시 어깨에 걸치고 공항 밖으로 나갔다.

　낮 시간에는 공항버스도 한산했다. 강 기자는 캐리어를 다리 사이에 끼우고 창밖을 바라보다가 카메라를 들어 낯선 서울 거리를 렌즈에 담았다. 몇 년 만에 찾은 한국은 그사이 또 달라져 있었다. 여기저기 공사하는 곳이 눈에 띄었고 새로운 건물들이 들어서 있었다.

　강 기자는 숙소에 짐을 풀자마자, 유관순 열사가 일제의 모진 고문으로 순국한 서대문형무소를 방문하려고 그대로 밖으로 나왔다. 숙제를 하지 않은 것처럼 계속 머릿속을 떠나지 않는 '유관순'이라는 과제를 빨리 풀어야 마음이 좀 안정될 것 같았다. 지하철에서 내려 위로 올라오니 바로 서대문형무소 건물이 보였다. 사부작사부작 모래를 밟는 소리를 들으며 바닥을 따라 걷다보니 외벽이 붉은 건물이 나왔다. 붉은색 벽돌이 왠지 남루하게 느껴지고 싸늘함마저 감도는 건물의 입구에는 '서대문형무소 역사관'이라고 쓰여 있었다.

서대문형무소 8호 감방,
그곳에 그 소녀들이 있었다.

서대문형무소
8호 감방
수감자들

강 기자는 어두운 건물 안을 살피며 천천히 안으로 들어갔다.

"박연폭포 흘러가는 물은 범사정으로 감돌아든다. 에 에헤야 에 에루화 좋고

좋다 어러험마 디여라 내 사랑아…"

강 기자는 어디선가 들려오는 노랫소리에 깜짝 놀라 고개를 획 돌렸지만

아무리 사방을 둘러보아도 텅 빈 감방들뿐이었다. 강 기자는 무엇에 홀린 듯이

굳게 닫힌 감방 중 8호실이라는 곳에 다가가 안을 조심스레 들여다보았다.

새까만 창살 안으로 가느다란 햇빛 줄기가 부옇게 날을 세우고 있었다. 그리고

거기에서 죄수복을 입은 여자들이 노래를 부르며 춤을 추고 있었다. 그들의

모습은 초췌하고 꾀죄죄했으나 흥이 넘쳤다. 강 기자는 그들의 면면을 유심히

살펴보았다.

앞장서 노래를 부르는 스물두 살 권애라는 호수돈여학교 유치원 교사, 전도사로 만세운동을 벌이다 징역 6개월을 선고받고 서대문형무소로 왔으며 8호 감방의 행동 대장이다.

서른아홉 살인 어윤희는 전도사로 개성에서 만세운동을 하다 징역 2년을 선고받았으며 8호 감방에서 나이가 가장 많아 방장을 맡고 있다.

개성 출신으로 노랫가락에 맞춰 춤을 추는 스물네 살 먹은 전도사 심명철과 열여덟 살인 노순경 또한 만세운동을 하다 체포되었다. 감리교 성도로 앞을 보지 못하는 심명철은 징역 6개월을 받았고 세브란스병원 간호사인 노순경도 징역 6개월을 받았다.

스물세 살 김향화는 수원에서 유명한 기생으로 수원 기생조합 조합장을 지냈으며 만세운동을 하다가 붙잡혀 징역 6개월을 선고받았다. 김향화는 무슨 노래든 잘하고 춤도 잘 추었지만 특히 "삼십장(三十丈) 단애(斷崖)에서 비류(飛流)가 직하(直下)하니 박연(朴淵)이 되어서 범사정(泛 亭)을 감도네" 하는 '박연폭포'를 잘 불렀다.

서른네 살인 임명애는 구세군 사령부인으로 임신 중인 데도 만세운동을 했다는 이유로 징역 1년 6개월을 선고받아 투옥되었고, 호수돈여고 사감이자 전도사인 서른다섯 살 신관빈은 징역 6개월을 선고받았다.

열여덟 살로 8호 감방의 막내인 유관순은 나이는 어리지만 같은 방 수감자 중 형량이 가장 높은 징역 3년을 선고받았다.

애라와 향화가 어깨를 들썩이며 노래를 하자 윤희가 미소를 지으며 흥을
돋우었고 노순경과 명철도 어깨춤을 추었으며 명애는 만삭인 배를 쓰다듬으며
노래를 듣고 있었다. 그 옆에서 관빈과 관순이 모처럼 활짝 웃으며 손뼉을 쳤다.

　그들의 모습을 보면서 강 기자는 만약 이곳이 감방 안이 아니라 어느 집
대청마루나 저들이 이곳에 오기 전 삶을 영위하던 공간이었다면 얼마나 좋을까
싶었다. 그런 생각을 하는 강 기자의 눈에 점점 눈물이 고이더니 방울이 되어
흘러내렸다.

관순의 푸르렀던
이화학당 시절

　　푸른 하늘 아래 여학생들이 모여 깔깔대면서 이야기를 나누는 이곳은 바로 관순이 다니던 이화학당이다. 이화학당에서는 소녀들이 웃는 소리가 끊이지 않고 학당 주변 마을에서는 스멀스멀 밥 짓는 냄새가 밀려오고 있었다.

　　"어어, 비켜! 비켜!"

　　검은 치마에 흰 저고리를 입고 머리를 길게 땋은 관순이 계단 난간을 타고 휙 미끄러져 내려왔다. 책 보따리를 들고 있던 여학생들이 깜짝 놀라 비명을 지르며 갈라졌다. 관순이 바닥에 뛰어내리곤 장난기 가득한 미소를 띠며 손가락 두 개를 들어 기쁨을 표시하는 사이에 여학생들 틈에서 관순의 친구 동순이 튀어나왔다. 같은 고향에서 유학 온 관순과 동순은 이화학당에서 둘도 없는 단짝 친구였다.

　　"관순아! 위험하게 또 뭐 한 거야?"

　　"어어, 동순아!"

관순이 멋쩍은 미소를 띠며 동순의 팔짱을 꼈다.

"이제 곧 교회에 가잖아! 기분이 좋아서 그랬지."

"너 오늘 교회에 배재학당 남학생들이 온다고 해서 그러는 거지?"

"어디 나만 그럴까? 너는? 메롱!"

관순이 까르르 웃으며 동순을 잡아끌었고, 둘은 함께 웃으며 이화학당 기도실로 뛰어갔다. 기도실에서는 학생들 몇몇이 모여 기도를 올리고 있었는데 짓궂고 장난치기 좋아하는 관순이 끼어들어 큰 소리로 말했다.

"이 모든 말씀 명태님의 이름으로 하나님께 기도드립니다. 아멘!"

차분히 둘러앉아 기도하던 학생들은 그 소리에 웃음을 참지 못하고 박장대소했다. 조용하던 기도실이 갑자기 시끌벅적해졌다.

"웬 명태야?"

"어제 정수 집에서 보내준 명태무침이 얼마나 맛있었던지 나도 모르게 그만!"

관순의 장난에 심각한 표정이 동순도 웃음을 터뜨렸다. 웃음소리가 얼마나 컸던지 기도실 문이 벌컥 열리더니 파란 눈이 인상적인 교장 프라이가 나타나 노려보았다. 학생들은 깜짝 놀라 후다닥 다시 기도하는 척했다.

"기도 안 하고 뭐 하는 겁니까? 지금 여기 있는 학생들, 모두 품행 점수 안 좋습니다! 아시겠습니까?"

프라이 교장이 서툰 한국말로 아이들을 혼냈지만 아이들은 웃음을 참지 못했고 머쓱해진 관순도 멋쩍은 듯 웃었다. 그리고 그날 그 자리에 있었던 관순을 비롯한 학생들은 모두 성적 평가에서 품행 점수 F를 받았다.

일제강점기 교회, 다음 세대를 세우려고 애쓰다

광화문에 있는 정동제일교회는 손정도 목사의 설교를 듣기 위해 모인 사람들로 늘 붐볐다. 관순과 동순도 이날 예배당에 앉아 손정도 목사의 자애로운 설교를 듣고 있었다.

"하나님 사랑이 나라 사랑이에요. 나라 사랑은 민족 사랑이지요. 주님이 주신 계명 중 가장 으뜸이 사랑의 계명입니다."

관순과 동순은 뒤에 앉아 있는 배재학당 소년을 훔쳐보며 쿡쿡 웃었다.

"그러려면 우리는 모두 걸레가 되어야 합니다! 걸레는 남들이 더럽고 냄새난다고 하는 곳을 깨끗하게 치워주지요. 남이 피하는 어려운 일을 솔선수범하고 희생으로 일처리를 하는 것이 걸레 정신입니다."

"아멘!"

관순은 손정도 목사를 보며 빙긋 웃었다. 설교가 끝나자 관순은 손정도 목사를 따라갔다.

"목사님!"

관순의 천진난만한 목소리에 손정도 목사가 돌아보았다.

"관순이구나. 주일에 꼬박꼬박 나오고 기특하구나. 그래, 요즘은 무슨 책을 읽고 있니?"

"젊은 베르테르의 슬픔을 읽어요. 베르테르와 로테의 사랑이 너무 가슴 아파요."

관순의 대답에 손정도 목사는 웃음을 띠며 말했다.

"우리 관순이도 벌써 사랑을 알 나이가 되었구나."

손정도 목사는 관순의 머리를 쓰다듬었다. 관순은 손 목사를 가장 좋아했으며 손 목사의 설교를 들으려고 주일마다 꼬박꼬박 교회에 나갔다.

일제강점기에 교회는 청년 목양에 생명을 바쳤으니 나라를 되찾기 위해서는 다음 세대를 세우는 일이 최우선이었기 때문이다. 관순 또한 공주 영명학교의 앨리스 샤프 선교사와 이화학당의 피어슨 선교사 같은 분을 스승으로 모시고 있었다.

앨리스 샤프 선교사는 1905년 충청남도 공주시에서 감리교회 선교를 위해 남편 로버트 샤프 목사와 함께 한국에 와서 영명학교(현재 공주영명고등학교)를 설립하였으며 천안과 논산을 거점으로 교회, 영아육아원, 학교를 세워서 감리교회 선교활동과 교육 사업을 하였다. 그는 형편이 어려운 가정의 소녀들 교육을 후원했는데, 관순도 앨리스 선교사의 후원을 받았다.

민족대표
33인의 독립선언과
3·1만세운동

    관순이 여고생으로 평범하게 일상을 보내던 1919년 1월 22일 고종이
승하했다. 19세기 대양세력과 해양세력 그리고 제국주의의 전쟁터였던
조선에서 1910년 한일병합으로 나라를 잃게 한 원인 제공자이자, 이후 시작된
일제강점에서 벗어나고자 헤이그에 밀사를 보내는 등 나라를 되찾으려 한
조선의 마지막 왕 고종이 갑자기 세상을 떠난 것이다. 여기에 고종 독살 소문이
퍼지면서 덕수궁 대한문 앞에 수많은 백성이 모여들기 시작했다.

    이 소식을 들은 관순은 한달음에 뒷산으로 뛰어 올라갔다. 목덜미에서
땀방울이 흘러내리고 숨이 턱 끝까지 차오르는 것 같았지만 기어이
꼭대기까지 올라갔다. 관순이 거리를 내려다보니, 흰옷을 입고 거리로
몰려나온 사람들이 바닥에 엎드려 통곡하고 있었다. 대한문 앞에 모인
사람들의 울음소리가 뒷산까지 들려오는 것 같았다. 관순은 눈물이
그렁그렁한 눈으로 주먹을 꽉 쥐고는 거리를 노려보았다.

"가만히 있어선 안돼. 정말 나라를 영영 찾을 수 없을지도 몰라."

입을 굳게 앙다문 관순은 손등으로 눈물을 훔치고 재빠르게 산길을 뛰어 내려갔다. 기숙사에서 보퉁이를 챙긴 관순은 그 길로 학교 담장으로 달려갔다.

"관순아! 너 정말 이렇게까지 해야겠어?"

친구 정수가 말렸다.

"아까 교장선생님이 교문 다 걸어 잠근 거 못 봤어? 밖으로 나가려면 이
   방법밖에 없어."

정수와 이야기하고 있는사이에 관순 주변으로 여학생들이 몰려와서는 안절부절못하며 보고만 있었다. 그러자 관순이 답답한 듯 외쳤다.

"이 나라 조선을 이대로 일제에게 빼앗겨도 좋단 말이야? 학당에서 가만히
   공부하는 것만이 우리가 할 수 있는 일이냐고!"

관순의 외침에 아이들은 망설이는 눈빛을 하다가 이내 용기를 내어 담을 넘기 시작했다.

"그래, 우리도 여기서 가만히 있을 순 없지! 가자, 관순아!"

관순이 엎드리고 친구들이 관순의 등을 발판 삼아 담을 넘으려는 순간 프라이 교장의 목소리가 들리자 관순은 화들짝 놀라 일어섰다.

"나는 이 학교 교장입니다. 여러분을 지킬 의무가 있어요. 내 학생들을 학교 밖으로 내보내서 위험에 빠뜨릴 수는 없어요."

"교장선생님…."

관순은 담에서 내려와 프라이 교장 앞에 섰다.

"저희도 나라를 지킬 의무가 있습니다. 보내주세요, 교장선생님."

"관순."

"죄송합니다, 교장선생님."

관순과 친구들은 프라이 교장을 뒤로하고 다시 담을 넘기 시작했다. 말려도
학생들이 듣지 않을 것 같았기에 프라이 교장은 걱정스러운 눈빛으로 한숨을
내쉬며 바라볼 수밖에 없었다. 학생들은 관순의 등을 밟고 차례차례 담을
넘었고 마지막으로 관순이 담을 넘었다.

"가자, 애들아!"

관순과 친구들은 보퉁이를 풀어 태극기를 꺼낸 뒤 눈빛을 주고받으며
고개를 끄덕였다. 열일곱 살 소녀들은 태극기를 손에 쥐고 거리로 내달렸다.

천도교 지도자 손병희,
시인이자 승려 한용운,
기독교계에서 신망이 두텁던
남강 이승훈 선생을 필두로
민족대표 33인이 결성되었다.
이 때 종교계 지도자들의 활약이 두드러졌다.

그 시각 태화관에는 민족대표 33인, 즉 좌장 손병희와 남강 이승훈, 만해 한용운을 비롯한 종교계 인사들이 모여 있었다. 이보다 먼저 제1차 세계대전 이후 미국 대통령 윌슨이 한 민족의 문제는 그 민족 스스로 결정해야 한다는 민족자결주의 원칙을 주장하자 조선도 일제의 식민지 지배를 반대하는 뜻을 알리기 위해 독립운동을 일으켜야 한다는 여론이 일본 거주 유학생들 사이에서 일어났다.

일본 유학생들은 조선청년독립단을 만들어 '민족대회소집청원서'와 '독립선언서'를 작성했고 2월 8일 이를 여러 나라 대사관과 일본 정부·국회 등에 보낸 다음 독립선언식을 했다. 경찰의 강제해산으로 유학생 27명이 붙잡혔지만 이 사실이 국내의 민족지도자들과 학생들에게 알려져 3·1운동을 일으키는 데 큰 자극이 되었고, 마침내 민족대표 33인이 독립을 선언하려고 모인 것이다.

천도교 대표인 손병희는 비장한 표정으로 시계를 꺼내보았다. 약속한 시간인 오후 두 시였다.

"자, 여러분. 이제 때가 되었습니다."

서로 바라보는 눈빛이 결기에 차 있었다. 한용운이 일어나 품에서 독립선언서를 꺼냈다.

"오등은 자에 아조선의 독립국임과 조선인의 자주민임을 선언하노라!"

한용운이 독립선언문서를 읽기 시작하자 민족대표들은 결연한 표정으로 독립선언서 낭독을 들었다. 한용운의 독립선언이 끝나자마자 만세 삼창이 이어졌다.

"대한 독립 만세! 대한 독립 만세! 대한 독립 만세!"

그때 태화관 문을 걷어차는 소리와 동시에 일본군의 외침이 들려왔다.

"모두 체포하라!"

일본군이 태화관 안으로 들이닥치자 태화관은 순식간에 아수라장이 되었다.

같은 시각, 탑골공원은 태화관의 민족대표들을 기다리는 사람들로 어수선했다. 민족대표들이 탑골공원에 모여 독립선언서를 낭독하면 일제히 만세를 부르기로 했지만 시간이 지나도 민족대표들이 나타나지 않자 사람들은 초조해졌다. 이때 황해도 해주 출신이며 6년제 경신중학교를 졸업한 정재용도 학생 5천여 명과 함께 탑골공원에 와 있었다. 정재용이 팔각정 단상으로 올라서서 외쳤다!

"더는 지체할 수 없네! 선생님들이 오시지 않으면 우리라도 만세를 외치세!

오등은 자에 아조선의 독립국임과 조선인의 자유민임을 선언하노라!"

정재용이 독립선언을 외치자 민중의 목소리가 터져 나왔다.

"대한 독립 만세! 대한 독립 만세!"

민족대표 33인의 대한독립선언서 낭독 소식에 수많은 사람이 거리로 쏟아져 나왔고 그 사이로 관순과 동순 등 이화학당 학생들이 손을 꽉 맞잡고 함께 만세를 부르짖었다.

"대한 독립 만세! 대한 독립 만세!"

그때 멀리서 총소리가 들렸다. 어느새 나타난 일본군이 군중을 향해 무차별적으로 총을 쏘았다. 탑골공원은 순식간에 아비규환이 되었고 일본군의 총칼에 사람들이 쓰러져나갔다. 학생들이 총에 맞아 쓰러지는 모습을 본 관순은 달려 나가 일본군의 총을 꽉 붙잡았으며 외쳤다.

"안 돼! 안 돼! 그만둬!"

일본군이 개머리판으로 관순의 머리를 내리치자 관순은 '헉' 하는 신음과 함께 고꾸라졌다. 관순은 소리를 지르며 이리저리 뛰어가는 사람들의 사이에 쓰러지고 말았다.

고향에서
만세운동을
준비하다

고향으로 돌아가는 기차 안에서 조용히 창밖을 바라보는 관순의 얼굴이
시퍼렇게 멍들어 있었다. 탑골공원에서 외쳤던 만세의 물결 속에 비명과 함께
쓰러진 수많은 사람의 모습이 도무지 잊히지 않았다. 피를 토해내듯 울부짖는
모습들이 모두 생생히 뇌리에 남았다. 순간 울컥하여 눈물이 차오르자 애써
울음을 삼키며 짐 보따리를 품에 꼭 안았다.

분노의 함성과 만세의 물결이 일본군의 총칼 앞에서도 가라앉지 않자
사태의 심각성을 깨달은 일본은 3월 10일 전국에 휴교령을 내렸다. 더는
경성에 머물 수 없었던 관순은 기차를 타고 고향 천안으로 돌아갔다.

"아이고, 관순아! 연락도 없이 이게 웬일이냐? 이 상처는 또 뭐고?"

"어머니, 저는 괜찮아요. 걱정 마세요."

어머니 이소제는 관순을 꼭 안아주고는 상처투성이인 얼굴을 쓰다듬었다.
관순은 결의에 찬 표정으로 말했다.

"어머니, 경성에서는 사람들이 모두 나라를 찾기 위해 일어났어요. 우리도
만세운동을 해야 해요!"

이소제는 그저 어리게 보였던 딸 관순이가 어느덧 나라를 위하는 마음 가득한 처녀로 장성한 것 같아 한편으로는 깜짝 놀라면서도 대견스러움에 고개를 끄덕였다.

"암, 아무렴. 그래 우리도 가만있을 수 없지."

관순은 기차를 타고 오면서 내내 머릿속으로 생각했던 일들을 하나씩 실행하기로 했다. 우선 마을 사람들에게 집으로 모여 달라고 부탁했다.

아이, 어른 할 것 없이 동네 사람들이 모두 모였다. 관순은 어머니가 준비해둔 광목천을 펼치고는 태극기를 그리자고 했다.

"다들 태극기 그리는 방법은 아시쥬?"

"제대로 그릴 수 있을지 모르겠네."

제각기 손에 붓을 쥐고 천에 태극기를 그렸다. 관순은 마을 사람들에게
태극기 그리는 방법을 가르쳐주었다.

"아저씨, 제가 좀 도와드려유?"

"그럴텨? 우리 관순이가 경성 가서 신학문을 공부하더니 선상님 다 됐구먼."

그러는 사이 어머니는 찐 감자와 동치미가 든 새참 바구니를 들고 와서 마을
사람들에게 나누어주었다. 마을 사람들이 정성을 다해 그린 태극기 수십, 아니
수백 장이 그날을 기다리고 있었다. 관순의 작은 집 안에서 독립운동의
작은 불꽃이 피어나고 있었다.

아!
아버지,
어머니!

    1919년 3월 31일 밤, 마을 사람들이 모두 모이자 관순은 횃불을 높이 치켜들었다. 그리고 4월 1일에는 드디어 관순이 그토록 바라던 만세운동이 시작되었다. 수많은 사람이 아우내장터에 모여 독립만세를 외쳤다.

    "대한 독립 만세! 만세! 대한 독립 만세!"

    사람들이 독립 만세를 외치자 일본군이 총칼을 들고 나타나 마을 사람들에게 달려들었다.

"천황 폐하의 은혜도 모르는 버러지 같은 조센징들!"

일본군의 총칼에 마을 사람들이 하나둘 쓰러졌고 아이들조차 칼날을 피할 수 없었다. 태극기를 들고 만세를 외치던 관순의 아버지 유중권은 죽어가는 아이들을 보며 분노에 찬 목소리로 소리쳤다.

"이 짐승만도 못한 왜놈들아! 하늘이 무섭지도 않느냐!"

유중권이 달려들자 일본군이 유중권에게 칼을 휘둘렀다.

"관순 아부지! 관순아부지!"

나라 잃은 울분을 꾹꾹 눌러
가슴에 묻고 살아야만 했던 수많은 사람이
일제히 거리로 나와 태극기를 흔들며 만세를 외쳤다.
범국민적인 만세운동에 놀란 일제는
군대와 경찰을 총동원해 무력 진압에 나섰다.

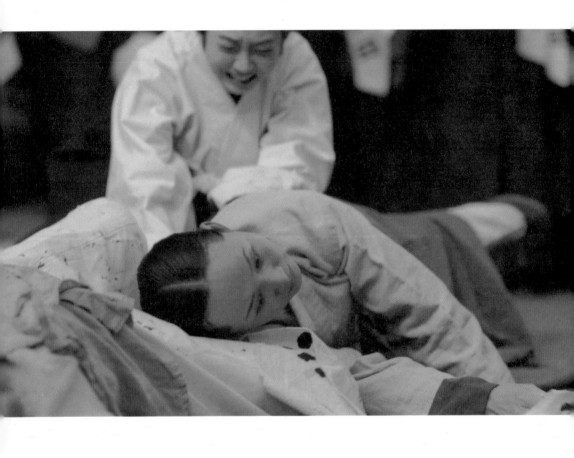

관순 어머니 이소제가 유중권에게 달려갔지만 탕! 하는 소리와 함께
일본군이 쏜 총탄이 이소제의 가슴을 꿰뚫었고, 이소제는 그대로 유중권
앞으로 고꾸라졌다.

"아버지! 어머니!"

관순이 놀라 달려갔지만 이미 바닥에 검붉은 피가 흥건했다. 이소제는
희미해지는 의식 속에서 마지막 힘을 다해 어린 딸의 이름을 불렀다.

"우리… 관순이… 관순아!…."

그 순간 옆구리에 칼이 스치는 것을 느끼며 관순은 자기도 모르게 악! 하는
비명을 질렀다. 관순은 땅바닥에 쓰러져 죽어가는 아버지와 어머니를 보면서
온몸이 찢어지는 고통과 함께 눈에서는 피눈물을 흘렸다. 그날따라 더욱
푸르른 하늘 아래 찢긴 태극기가 이리저리 휘날리고 있었다. 관순은 그대로
정신을 잃었고, 그사이에 일본군들이 관순을 질질 끌며 어디론가 데려갔다.

3·1운동 이후 만세운동은
들불처럼 전국으로 번져나갔다.
제암리, 아우내, 정주, 남원, 익산….
3개월 동안 공식적인 시위 사망자 수만 7,509명이었다.

2019년에
만난
유관순 열사

강 기자는 서대문형무소 면회실 책상 앞에 앉아 있었다. 등 뒤로 새벽빛이 어스름하게 비쳤다. 문이 덜컹하며 열리더니 고문을 받아 얼굴이 퉁퉁 부은 관순이 간수와 함께 들어왔다. 간수는 관순을 던지듯 의자에 앉히고는 문 앞으로 가서 서 있었다.

강 기자는 관순을 찬찬히 들여다보았다. 부르튼 입술, 피멍이 든 눈···. 얼굴이 어디 하나 성한 데가 없었다.

"괜찮아요?"

강 기자의 물음에 관순이 힘없이 대답했다.

"지낼 만하오."

관순은 고개를 들어 강 기자를 쳐다보았다. 낯선 옷차림, 낯선 얼굴이었다.

"그나저나 어떻게 오셨소. 뉘신지….''

"저는 기자입니다. 미국에서 살고요.''

"내가 꿈을 꾸고 있는 건가.''

관순이 어이없다는 듯 헛웃음을 터뜨리더니 물었다.

"그래, 꿈이라 생각하니 편하오. 나에 대해 무엇이 궁금해서 그 멀리서
　나를 찾아오셨소?''

"유관순 하면 요즘 아이들도 모르는 사람이 없습니다. 여기는 지금
　2019년이거든요.''

"2019년이라…. 그럼 조선은, 조선은 해방되었소?''

빛나는 눈빛으로 다급히 묻는 관순의 물음에 강 기자는 미소 지었다.

"해방된 지 벌써 74년이 지났습니다. 선생님 같은 분들 덕분이죠.''

잠시 고개를 숙인 관순의 가녀린 어깨가 살짝 떨렸다. 다시 고개를 든 관순의
눈가에 눈물이 맺혀 있었다. 관순이 미소를 지으며 말했다.

"내가 무슨…. 나도 그냥 아이들 가르치는 게 꿈이었던 평범한 열일곱
　소녀였소. 그런데 내 부모와 마을 사람들, 수많은 조선인이 왜놈들 총칼에
　찢기고, 말발굽에 짓밟히고, 피를 흘리며 죽어가는 모습을 보고 가만히
　있을 수 없었소. 아마 누구라도 그런 상황에 있었다면 그리했을 것이오.''

하지만 강 기자는 아무 말도 할 수 없었고 관순을 똑바로 쳐다볼 수도
없었다. 관순이 웃으며 물었다.

"그래, 거긴 지금 살 만하오? 어린애들 배는 안 곯고 목숨 걸고 싸울 일 없이
　평화롭고 행복하오?"

　강 기자가 차마 사실대로 대답할 수 없어 어떻게 말할까 망설이는 사이
관순은 알겠다는 듯 고개를 끄덕였다.

"그래, 어느 시절이라도 항상 다 좋을 순 없겠지. 그래도… 부디, 그렇게
　만들어주시오."

　간수가 다가와 시간이 다 되었다며 일으키자 관순은 옅게 미소 지으며
일어섰다. 강 기자는 문밖으로 나가는 관순의 뒷모습을 그저 조용히
바라보기만 했다.

조선은
반드시
해방된다!

죄수복을 입은 관순이 법정에서 모두 들으라는 듯 큰 목소리로 소리쳤다.

"내가 왜 죄인인가. 내 나라 내 땅에서 만세를 부른 것이 왜 죄가 되는가!"

재판장과 검사가 그런 관순을 보며 혀를 끌끌 찼다.

"쯧쯧. 아직도 정신을 못 차렸군."

"내 나라 내가 찾겠다고 정당한 일을 했는데 어째서 왜놈들이 내 민족을
죽이느냐 이 말이다. 대체 왜, 아무런 무기도 없이 그저 맨손으로 만세를
부르는 우리에게 무차별 총질을 해대어 내 아버지를 죽이고, 내 어머니를
죽이고 무고한 사람들의 수많은 목숨을 저리도 무참히 빼앗았단 말이냐!
죄가 있다면 불법으로 우리나라를 빼앗은 네놈들에게 있는 것이 아니냐!"

관순은 벌떡 일어나 의자를 집어던졌다. 관순의 시퍼런 서슬에 놀란
재판장이 자기도 모르게 손을 치켜들어 재판봉을 세게 내려쳤다.

"저런, 건방진! 법정을 모독한 피고인을 당장 끌고 나가시오!"

"놔! 놔라, 이놈들아!"

간수들이 잡아끌자 관순은 끌려 나가면서도 몸부림치며 소리쳤다. 법정에서도 관순은 기죽지 않고 끝까지 당당하게 소리쳤다.

아우내장터 만세운동의 핵심 인물로 지목된 관순은 체포된 후 공주교도소에 수감되었다가 서대문형무소로 옮겨졌다. 관순은 1심에서 징역 5년을 선고받았으며 복심법원에서 징역 3년을 선고받았지만 상고를 포기했다.

관순은 감옥에 갇혔어도 만세운동을 멈추지 않았다. 그럴 때마다 일제는 관순을 고문실로 끌고 가서 고문했다. 고문실 한쪽 선반에는 고문용 대나무 바늘이 쭉 늘어서 있었다. 간수장 마쓰자키는 대나무 바늘을 들어 얼마나 예리한지 살펴보았다. 한쪽 구석에 모진 고문에 피투성이가 된 관순이 양손이 형틀에 묶인 채 서 있었다. 마쓰자키는 대나무 바늘을 가져와 관순의 손가락에 하나하나 쑤셔 박았다. 너무 고통스러워 비명이 나올 법도 했지만 관순은 비명 한 번 지르지 않고 참았다.

"조선 황실도 굴복했다. 너에게는 나라가 없다!"

마쓰자키가 이렇게 말하자 관순은 눈을 부릅뜨고 마쓰자키를 쏘아보았다.

"입이 있어도 말할 수 없고, 귀가 있어도 들을 수 없고, 눈이 있어도 볼 수 없는 이 지옥 같은 삶이 분할 따름이다. 나는 죄인이 아니다. 조선은 반드시 해방된다!"

"이년이 죽고 싶은 게로구나. 너도 네 아비, 어미처럼 되고 싶나?"

"우리 엄니, 아버지를 그 더러운 입으로 모욕하지 마라! 우리에게 자유는 하늘이 내려준 것이다. 그 누구도 빼앗을 수 없다!"

"이런 미친년이 다 있나!"

관순이 온갖 고문에도 굴하지 않자 매우 화가 난 마쓰자키는 채찍으로 관순을 내리쳤다. 관순은 형틀에 매달려 서서히 정신을 잃었지만 희미한 의식 속에서나마 어렴풋이 어머니와 아버지 얼굴이 떠올랐다.

눈이 펄펄 내리는 들판을 어머니, 아버지 손잡고 집으로 돌아가던 길, 언니·오빠와 마냥 즐거웠던 지난날이 흐릿하게 떠올랐다.

'아이고, 우리 관순이. 이화학당에 간다니 그리 좋으냐?'

'그럼요, 아버지. 얼마나 행복한대요!'

어두운 고문실에서 피투성이가 된 관순은 지난일의 기억 속에서 홀로 조용히 눈물을 흘렸다.

힘이 되어준
8호 감방
동료들

8호 감방의 문이 열리자 간수들이 관순을 패대기치듯 던졌고, 찢어진 천 조각처럼 된 관순이 감방 안에 힘없이 엎어졌다.

"관순아!"

"관순아!"

8호 감방에 같이 수감되어 있던 권애라와 어윤희가 관순을 부르며 재빨리 부축했다. 관순의 이화학당 선배이기도 한 애라는 눈물을 훔치며 관순을 품에 안았다.

"우리에게 무슨 죄가 있다고…. 이 어린 것을."

개성 전도부인 윤희는 식구통 옆에 있는 물통에서 자신의 소매에 물을 적셔 관순의 입술을 닦아주었지만 피딱지가 굳어 잘 떨어지지도 않았다. 윤희가 관순의 얼굴을 쓰다듬으며 말했다.

"관순아, 우리 끝까지 버텨야 한다. 조선이 해방되는 날까지 우리는 죽어도 죽은 게 아니야."

    세브란스병원 간호사였던 노순경이 얼른 달려와 관순의 상처를
살펴보았다. 눈이 보이지 않는 심명철과 만삭의 임신부 임명애, 개성 출신
신관빈, 수원 기생이었던 김향화가 8호 감방에 함께 있었다. 그들은 모두
측은하고 아픈 마음으로 관순을 정성껏 간호했다.

    "울 밑에 선 봉선화야 네 모양이 처량하다

    길고 긴 날 여름철에 아름답게 꽃필 적에

    어여쁘신 아가씨들 너를 반겨 놀았도다."

애라가 울먹이는 목소리로 노래를 부르자 향화가 애라의 노래를
이어받았다.

"북풍한설 찬바람에 네 형체가 없어져도
　평화로운 꿈을 꾸는 너의 혼은 예 있으니
　화창스런 봄바람에 회생키를 바라노라."

고문으로 힘든 옥 생활 속에 노래는 그들에게 작은 힘이 되었다. 또 모진
옥살이 중에도 관순이 버틸 수 있었던 유일한 힘은 8호 감방 동료들이었다.
그들이 있었기에 관순은 조금이나마 웃으며 버틸 수 있었다.

개성에서
타오른
만세운동의 불길

당시 민족대표 33인이 주축이 된 3·1운동은 천도교에서 자금을 담당하고
기독교계에서 독립선언서 전국 배포를 맡았는데 개성 방면 독립선언서
배포는 감리교 오화영 목사가 담당했다. 오 목사는 이승훈과 함께 기독교계의
독립운동을 면밀히 주도했는데, 100년 전 기독교는 민족의 양심이었다.

개성에서 태어난 권애라는 호수돈여학교 유치원 교사로 노래를 잘 부르고 총포를 능숙하게 다루었으며 화통한 성격에 무슨 일이든 늘 앞장서는 행동 대장이었다. 애라는 친구 장정심과 함께 호수돈여학교에서 쌍벽을 이루었는데 애국심이 높고 많은 사람 앞에서 웅변과 연설을 곧잘 해냈다. 호수돈여학교에서 열리는 학예회에서도 애라는 정심과 함께 늘 사람들의 이목을 끌었다. 시에는 장정심, 노래에는 권애라라는 말이 있을 정도로 유명했다.

1912년 가을 어느 날, 애라는 정심과 함께 학교 옥상으로 올라갔다. 그곳에서 보이는 풍경을 보며 애라가 정심에게 말했다.

"정심아. 나는 나라를 찾으러 갈 거야. 일본 놈들이 이 나라 조선 땅은 빼앗을 수 있어도 우리 백성들까지 빼앗진 못할 거야."

"그래, 애라야. 일본군의 총칼에 맞아 죽더라도 조국을 위해 싸워야지!"

"우리 변치 말자. 너와 나의 우정도 나라의 독립을 위해 싸우다 죽겠다는 마음도!"

"그래, 변치 말자! 우리 각오를 여기에 맹세하자."

애라는 칼을 꺼내 정심과 함께 어깻죽지에 태극문양을 새기고 나라를 위해
죽기로 맹세했다.

전국적인 만세운동이 있을 거라는 소식을 비밀리에 전달받은 애라는
마침내 그토록 열망하던 독립운동을 할 기회가 왔다는 생각으로 단숨에
독립선언서에 서명했던 33인의 한 사람인 오화영 목사를 만나러 갔다.

"권 선생, 잘 왔소."

"제가 할 일이 있을까 해서 왔습니다."

"국상으로 나라가 흉흉하오. 권 선생은 괜찮소?"

"임금이 승하했어도 나라 잃은 백성에게 나라는 찾아주어야 하지
않겠습니까?"

"3월 1일 정오부터 전국에 독립선언서를 배포하고 만세운동을 시작할
것이오. 권 선생도 같이하겠소?"

"물론입니다. 어깻죽지에 태극문양을 새길 때부터 제 몸은 이미 조국의
것입니다."

오화영의 제안을 단번에 수락한 애라는 3월 1일 만세운동을 준비하기 시작했다. 그리고 3월 1일이 되기 며칠 전 어두운 밤에 한 사람이 편지 한 장과 인쇄물 한 보퉁이를 들고 애라를 찾아왔다. 편지를 열어보니 '개성 지역의 만세운동을 권 선생에게 일임한다'라는 내용이 쓰여 있었다. 애라가 올 것이 왔다고 생각하며 보퉁이를 보니 그 안에는 독립선언서 수백 장이 들어 있었다. 개성 독립 만세운동의 큰 불씨가 될 이 일을 혼자서 하기에는 시간이 안 될 것 같아 애라는 고민에 빠졌다. 누가 같이 행동해주면 좋겠는데 누구에게 이 일을 맡기는 것이 좋을까 고심하던 애라는 자리에서 벌떡 일어나 어디론가 가려고 길을 재촉했다.

"애라가 이 시간에 어쩐 일이니?"

애라가 찾아간 사람은 어윤희 전도부인이었다. 애라보다 스무 살이 많은 윤희는 열여섯 살에 결혼했으나 3일 만에 동학혁명으로 남편을 잃고 개성으로 이주해 교회 전도부인으로 활동했다. 윤희는 평소 희생정신이 높고 나라를 사랑하는 마음이 깊었는데 친정 조카들에게 '어부인'이라고 불렸다. 애라는 윤희에게 독립선언서가 든 보퉁이를 건네며 말했다.

"3월 1일에 독립선언서를 배포하려는데 손이 부족해요.

같이해주시겠습니까?"

윤희는 보퉁이를 열어보고는 조금도 망설임 없이 흔쾌히 수락했다.

"내가 어찌 젊은 너만 희생시킬 수 있겠니. 당연히 같이해야지."

윤희는 애라의 어깨를 두드려주며 용기를 주었다.

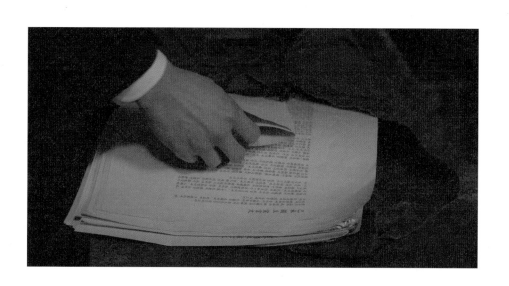

개성에서 일어날 3·1운동을 앞두고 개성 북부교회에 강조원 목사, 신공량 전도사, 어윤희, 권애라, 신관빈, 심명철이 모였다.

"거사 시각이 3월 1일 오후 1시라고 했나요?"

강조원 목사가 묻자 애라가 고개를 끄덕였지만 웬일인지 사람들은 서로 고개를 돌리며 눈치만 보았다. 그러자 윤희가 가슴을 두드리며 소리쳤다.

"어휴 답답해. 할 거야, 말 거야? 한 번 죽지 두 번 죽나! 목사고 전도사고 거시기 불알 두 쪽 차고 뱃심도 없어요?"

윤희의 말에 모두들 의기투합하여 지역을 나누어 독립선언서를 돌리기로 했다.

3월 1일, 윤희는 전도를 가장하여 집집마다 독립선언서를 돌렸고 이 모습을 기숙사 2층 창 너머로 지켜보던 사감 신관빈이 남아 있는 선언서를 들고 나섰다.

"나도 그저 보고만 있을 수 없지!"

마침내 정오가 되자 개성 시내에 독립선언서가 흩날렸다. 개성 군민들은 앞 다투어 거리로 나와 대한 독립 만세를 외쳤고 그 맨 앞에 윤희가 있었다. 그 뒤를 관빈, 명철, 애라가 따랐다.

"대한 독립 만세! 대한 독립 만세!"

일본군들이 몰려나와 군민들을 진압하기 시작했지만 누구도 만세를 멈추지 않았고 앞이 보이지 않는 명철은 더욱 꿋꿋이 외쳤다.

"눠라! 내가 눈이 멀었다고 마음까지 먼 줄 아느냐?"

일본군은 개성 군민들을 무차별적으로 진압했고 결국 개성 만세운동을 주도한 애라, 윤희, 관빈, 명철은 모두 일본군에 체포되고 말았다.

새벽닭은
저 스스로
운다

  햇빛 한 점 들지 않는 취조실은 어둡고 습했다. 사복을 입은 경관은 무표정한
얼굴로 조서를 작성하고 있었고 검사는 의자에 앉아 있는 윤희를 노려보며
시계를 풀어 책상 위에 올려놓았다.

  "네깟 계집이 이런 일을 벌였을 리가 없다. 배후가 누구냐?"

  "배후는 없소. 내가 이 모든 일을 벌였으니 나를 벌하시오."

  윤희의 대답에 검사가 손바닥으로 책상을 내리쳤다.

  "여기가 어디라고 감히 거짓말이야!"

  "새벽닭은 누가 시켜서 울지 않소. 우리도 마찬가지요. 독립할 때가 되어
    일어나 외쳤을 뿐이오."

  "뭐라? 이년이 끝까지 저 잘났다고 지껄이는구나. 이년의 옷을 모두
    벗겨라!"

  문 앞을 지키던 경관들이 달려들어 윤희를 포박한 줄을 풀고 옷을 벗기려
들었다.

  "아악!"

윤희가 있는 힘껏 비명을 지르며 주저앉자 경관들이 놀라 동작을 멈춘 사이 윤희가 외쳤다.

"감히 어디다 손을 대느냐!"

으름장에 기세가 눌린 경관들이 검사의 눈치를 보았고, 윤희는 물러서지 않고 계속해서 말했다.

"그리도 내 벗은 몸을 보고 싶으면 내 손으로 벗겠다! 내 몸 털끝 하나도 건드리지 마라."

검사가 고갯짓을 하자 경관들은 윤희에게서 한 걸음 뒤로 물러섰다. 그제야 윤희는 자리에서 일어나 천천히 옷을 벗었다. 수치심과 모욕감으로 손이 떨렸지만 윤희는 멈추지 않았다. 마침내 속옷까지 모두 벗은 윤희가 고개를 들어 검사의 눈을 똑바로 쳐다보자 당황한 검사가 눈을 피했다. 윤희는 검사를 향해 당당하게 외쳤다.

"자, 실컷 보시오. 당신 어머니도 나 같을 게고 당신 부인도 나 같을 거요. 보시오! 보라니까!"

"이, 이년이… 어서 옷을 입혀 끌고 나가라!"

검사의 말에 경관들이 윤희의 몸에 죄수복을 둘렀다. 윤희는 끌려가면서도 검사를 향해 호랑이 같은 기세로 계속 소리를 질렀다.

"네놈이 부끄러운 줄은 아는구나!"

명애,
옥에서
출산이 임박하다

늦은 밤, 세 평 남짓한 방 안에 스무 명이 넘는 수감자가 서로 몸을 부대긴 채 잠들어 있었다. 그 가운데 눈에 띄게 부른 배를 안고 잠든 임신부 임명애는 심상치 않은 진통에 감았던 두 눈을 떴다. 곧이어 바지를 적시는 뜨뜻미지근한 양수가 느껴졌고, 이마를 타고 식은땀이 줄줄 흘렀다.

"언니, 왜 그래요?"

명애의 뒤척임에 잠에서 깬 규리가 물었다.

"배가 너무 아파. 규리야, 아기가 나오려나 봐."

"네?"

놀란 규리가 자리에서 벌떡 일어나 양수가 터져 명애의 아래가 젖은 것을 확인하고는 급히 노순경을 깨웠다.

"언니, 순경 언니. 큰일 났어요. 명애 언니가 아기를 낳으려나 봐요."

규리의 소란에 윤희와 관순을 비롯한 사람들이 하나둘 잠에서 깨었다. 명애는 진통을 호소하며 비명을 내질렀고 그사이 심명철이 달려가 철문을 두드리며 간수를 불렀다.

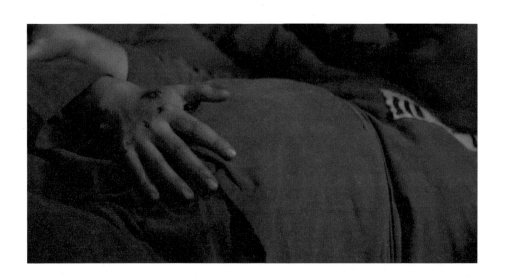

"간수! 여, 아가 나온다니! 간수!"

때 이른 명애의 출산 소식에도 8호 감방 사람들은 허둥대지 않고 차분히 각자가 할 수 있는 일들을 했다. 제일 먼저 간호사인 순경이 명애 옆에 붙어 상태를 확인했다.

"양수가 터졌네요. 아기집이 열리는 중이니 무척 아플 거예요."

"순경아, 순경아!"

"명애 언니, 지금부터 맘 굳게 먹어야 해요. 코로 크게 숨을 들이쉬어봐요."

명애는 순경의 손을 꽉 붙잡고는 순경을 따라 크게 숨을 들이켰다. 곁에서 보고 있던 관순은 옷소매로 명애의 이마에 맺힌 땀을 닦아주었다.

"언니 힘내요."

"간수는 왜 안 오지? 이러다 감옥에서 아기 낳겠어요."

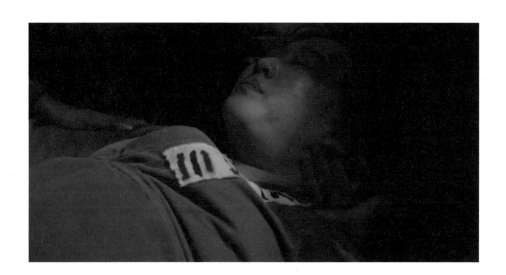

순경의 말에 윤희가 여태껏 철문을 두드리고 있는 명철 곁으로 가서는 발로 철문을 세게 걷어찼다.

"게으른 것들! 당장 이 문 열지 못해? 아기가 나온다잖아!"

윤희가 철문을 계속 차자 간수들이 들이닥쳤고, 그들은 명애를 들것에 실었다. 순경이 명애 손을 잡으며 따라나서려 했지만 간수가 문 앞에서 밀쳐냈다.

"너희는 나올 수 없다."

간수의 말에 순경은 멈추고 말았다.

명애는 들것에 실려가면서 순경을 불렀다.

"순경아! 순경아…!"

순경은 바닥을 짚고 일어나 닫힌 문 앞에서 외쳤다.

"명애 언니, 숨 잊지 말아요!"

명애가 실려나간 뒤 8호 감방의 철문은 다시 굳게 잠겼고 감방 안에 남아 있는 사람들은 걱정스러운 얼굴로 명애가 나간 문만 바라보았다.

스코필드(석호필) 박사,
서대문형무소를 찾다

옆구리에 책 한 권을 낀 외국인 남자가 서대문형무소 쪽으로 걸어왔다.
그는 한쪽 다리가 불편한지 다리를 절며 지팡이를 짚고 걸었다.
그가 누구인지 단번에 알아본 강 기자가 다가가 인사를 건넸다.

　"반갑습니다, 스코필드 박사님. 저는 〈뉴욕타임스〉 기자 강인영이라고
　　합니다."

　"네. 반갑습니다."

강 기자와 반갑게 인사를 나눈 스코필드는 영국에서 태어난 캐나다 출신
선교사로 조선에 들어와 1919년 3·1운동 이후 일제가 조선인들에게 저지른
참혹한 행태들을 사진으로 찍어 해외에 낱낱이 알렸다. 또 세균학 박사이자
의학전문의로 세브란스병원에서 근무하며 그곳의 독립운동가들을 도왔다.
한국말을 유창하게 구사한 그는 성 '스코필드'의 발음을 딴 '석호필'이라는
한국식 이름으로 불릴 정도로 조선을 사랑했다.

"인터뷰에 응해주셔서 감사합니다. 과거 이곳에서 무슨 일이 있었는지
　박사님께서는 직접 보고 들었다고 하셨죠?"

"네. 그렇습니다."

"혹시 그때 일들을 제게 말씀해주실 수 있을까요?"

강 기자의 물음에 스코필드는 잠시 쓸쓸히 서 있는 형무소 건물을 바라보고
나서 천천히 이야기를 시작했다.

"그날은 유난히 추웠습니다. 1916년 처음 조선에 들어온 이후 보내는 세
　번째 겨울이었지요."

면회가 금지된 서대문형무소의 문을 두드린 이는
민족대표 33인에 더해
서른네 번째 독립운동가로 불리는 스코필드 박사다.
1916년 세브란스 의학전문학교 교수로 한국에 온 그는
3·1운동 당시 세브란스병원 간호사였던
노순경의 멘토였다.

대낮에도 어둡고 음산한 기운이 감도는 서대문형무소 안으로 한 외국인 남자가 들어섰다. 그는 한쪽 다리가 불편한 듯 지팡이에 몸을 의지한 채였다. 수상하다고 생각한 일본 경찰이 가로막자 그는 능숙한 일본어로 자신을 소개했다.

"세브란스 의학전문의 프랭크 스코필드입니다. 내 제자가 이곳에 수감되어 있다는 소식을 듣고 면회하러 왔습니다."

스코필드가 면회를 요청했다는 소식이 곧바로 간수장 마쓰자키의 귀에 들어갔다. 외세, 특히나 서구 열강의 시선을 강박적으로 신경 쓰던 일제는 자신들의 만행을 숨기려 서대문형무소, 특히 정치범 수용소의 외국인 면회를 허용하지 않았다.

"안 돼! 허용할 수 없다. 돌아가라고 전하라."

마쓰자키가 단호한 어조로 말했다.

간수가 일경을 통해 스코필드에게 면회를 허용할 수 없다고 하자 스코필드는 진지한 얼굴로 일경에게 항의했다.

"무슨 연유가 있어 면회를 허용할 수 없다는 것입니까? 이것은 부당한 처사입니다."

스코필드가 물러서지 않고 1시간여 동안 형무소 입구에서 일경과 실랑이를
벌이자 마쓰자키가 나섰다.

"정치범 면회는 허용할 수 없으니 돌아가시오."

"그것은 당신네 일본이 정한 일본법입니다. 나는 조선을 방문한 영국
　사람이므로 따를 이유가 없습니다. 내 제자를 만나게 해주시오."

스코필드가 주장을 굽히지 않자 곤란해진 마쓰자키는 앓는 소리를 내더니
결국 면회를 허락했다.

"제자 이름이 무엇이오."

"노순경입니다."

'문제 많은 8호 감방 년이군.'

마쓰자키는 못마땅한 표정을 지으며 간수에게 순경을 데려오라고
명령했다.

잠시 후 순경이 간수 두 명의 부축을 받으며 면회실 안으로 들어왔다. 독립운동가 노백린 장군의 둘째 딸인 노순경은 1919년 12월 2일 간호사 20여 명과 함께 태극기를 만들어 만세 시위를 벌이다 붙잡혀 징역 6개월을 선고받고 서대문형무소 8호 감방에 있었다.

순경의 얼굴은 오랜 굶주림으로 일그러져 있었고, 잦은 고문으로 망가진 몸은 누가 부축하지 않으면 스스로 가누지도 못할 정도였다. 스코필드는 순경의 처참한 몰골에 차마 말을 잇지 못했다.

"순경!"

"선생님!"

스코필드가 쓰러지듯 의자에 앉는 순경의 손을 맞잡으면서 보니 팔목이 온통 멍으로 시퍼렇게 물들어 있었다. 스코필드는 순경이 감방에서 어떤 대우를 받는지 듣지 않아도 알 수 있을 것 같았다.

"이 험한 곳까지 어떻게 오셨어요?"

순경이 어색한 미소를 띠며 묻자 스코필드는 고개를 저었다.

"미국에 머물 때 내 벗이자 그대 아버지인 노백린 장군께서 그대를
돌봐달라고 부탁했어요. 또 나 역시 순경이 이곳에 있다는 소식을 듣고
걱정을 많이 했습니다. 어떻게 보러 오지 않을 수 있겠어요. 아픈 곳은
없어요? 힘들지 않아요?"

스코필드의 물음에 순경은 면회실 한구석에서 감시하듯 쳐다보는 마쓰자키의 눈치를 보았다. 그리고는 고개를 숙여 스코필드의 눈을 피한 채 대답했다.

"저는… 괜찮아요."

스코필드는 그것이 순경의 진심이 아님을 이미 눈치챘다. 이 작고 어린 소녀에게 일본은 대체 어떤 만행을 저지른 것일까? 스코필드는 얼굴에 근심과 분노가 어린 채 마쓰자키 간수장을 돌아보며 말했다.

"마쓰자키 간수장. 순경이 있는 옥사를 봐야겠습니다."

"어림없는 소리 하지 마시오! 일반인은 옥사 안으로 들어갈 수 없소."

"내가 오늘 두 눈으로 본 것들을 내 고향에 알려도 좋다는 말입니까?"

스코필드가 쏘아붙이자 마쓰자키는 당황한 얼굴로 말을 더듬었다.

"그, 그건…."

"당장 앞장서시오! 내 눈으로 봐야겠습니다."

스코필드 박사,
수감자들의 참상을
목도하다

닫혔던 옥사 문이 열리자 발 디딜 틈 하나 없이 방 안에 가득 들어차 있던
수감자들이 고개를 돌려 문밖에 서 있는 스코필드를 바라보았다.

"여러분, 나는…."

생각보다 훨씬 심각한 감방 상태에 스코필드는 말을 제대로 잇지 못했다.
세 평 남짓 좁은 방 안에 스무 명이 넘는 수감자가 앉지도 서지도 못한 채
엉거주춤 서로 몸을 부대끼고 있었다. 천장에는 온갖 벌레가 기어 다니고
방 안에서는 역겨운 오물 냄새가 심하게 났다. 스코필드는 그런 비위생적인
환경에서 아기를 안은 채 자신을 물끄러미 바라보는 명애를 보고는 낮은
신음을 뱉었다.

"나는 세브란스병원 의학전문의 스코필드입니다. 순경을 면회하러 왔다가
　여러분을 보고 싶어 이렇게 왔습니다."

겨우 목소리를 짜내 자신을 소개한 스코필드는 문턱 앞에 서 있던 관순의 옆구리 창상을 보고는 결국 차오른 눈물을 떨어뜨렸다.

"많은 사람이 여러분을 기억합니다. 부디 힘내세요."

그러자 관순이 희미하게 웃으며 답했다.

"일부러 찾아와 말씀 전해주셔서 고맙습니다."

"이름이 뭐요?"

"이화학당 출신 유관순입니다."

관순이 먼저 한 손을 내밀어 악수를 청했다. 스코필드가 조심스럽게 관순의 손을 맞잡자 다른 수감자들도 한 명 한 명씩 다가와 스코필드의 손을 잡았다. 그들은 낯선 외국인의 방문에도 놀라거나 거리끼지 않았다. 스코필드가 우리말을 유창하게 구사한 것도 있었지만, 오랫동안 바깥 공기를 마시지 못한 수감자들에게는 외부인의 방문이 오히려 반갑게 느껴진 탓도 있었다.

"이제 그만 나가시죠."

탐탁찮은 얼굴로 그 광경을 지켜보던 마쓰자키가 재촉하자 스코필드는 차마 떨어지지 않는 발걸음을 뒤로 물렸다. 간수 하나가 더 들어갈 수도 없을 것 같은 방 안으로 순경을 밀어 넣었고 곧이어 쾅! 하는 소리와 함께 철문이 닫혔다. 스코필드는 닫힌 문을 바라보다 힘겹게 돌아섰다. 절뚝이며 복도를 빠져나가면서도 그는 자꾸만 뒤를 돌아보았다.

기진맥진하는 순경에게서 고문 흔적을 발견한 스코필드가 옥사 안을
보여달라고 요청했기에 그나마 8호 감방 수감자들을 만날 수 있었고
수감자들의 모습을 직접 본 스코필드는 침통함을 감추지 못했다. 어른 몇 명이
누우면 꽉 찰 정도의 감방에 갓난아이까지 있다니 눈으로 보고도 믿을 수 없는
인권유린의 현장이었다. 하지만 그보다 더 놀라운 것은 죽음이 옥죄어오는
두려움 속에서도 그들의 눈빛이 결의에 차 빛났다는 것이다. 이후로도
스코필드는 여러 차례 서대문형무소를 찾았다. 그의 면회가 통보된 날은
고문이 없는 유일한 날이었다.

3·1운동의 참혹한 실상을
직접 카메라에 담아 온 세상에 알린 스코필드 박사.
이방인인 그가 그토록 조선 독립을 위해
애쓴 이유는 무엇이었을까?
조선을 향한 그의 사랑은 그가 기록한 글에
고스란히 녹아 있다.
100년 전, 8호 감방 수감자들의 생활은 처참했다.
그러나 조선 독립을 갈망하는
불꽃은 꺼지지 않았다.

"나는 그 뒤로도 여러 번 그들을 만나러 갔습니다. 그들의 얼굴은 날로

수척해졌고 알 수 없는 멍과 상처도 늘어났지요. 저에게 그 일을 막을 수

있는 힘이 없어서 너무 슬펐습니다. 그래서 그 실상을 조금이라도 더 많은

사람에게 알리려고 이 책을 썼습니다."

스코필드 박사는 강 기자에게 들고 있던 책을 내밀었다. 『끌 수 없는 불꽃
(Unquenchable Fire)』이라는 제목의 견문록이었다. 강 기자는 스코필드가
건넨 책을 한 장 한 장 넘기면서 그 처절한 내용에 눈물을 흘렸다.

감옥에서
자라난 해방이

조용한 형무소 복도에 갓난아이 울음소리가 울려 퍼졌다. 8호 감방 안 북적이는 수감자들 틈에서 명애는 우는 아이 달래랴, 젖은 기저귀 갈랴 진땀을 뺐다. 그 모습을 보고 있던 관순이 품 안에서 말리던 광목 기저귀를 꺼내 내밀었다.

"아직 덜 말라 눅눅하지만 이거라도 일단 쓰시어요."

"고맙다, 관순아. 아이 오줌 냄새가 지독했을 텐데."

"그래 봤자 갓난이인걸요."

"고맙다, 고마워. 관순이도 향화도 모두 고마워."

명애의 말에 향화가 웃으며 갓난이 손에 자신의 손가락을 끼워 넣고는 갓난이 얼굴을 보며 연신 까꿍 소리를 냈다. 그러자 목청껏 울어대던 아기가 울음을 그치고 방긋방긋 웃어보였다.

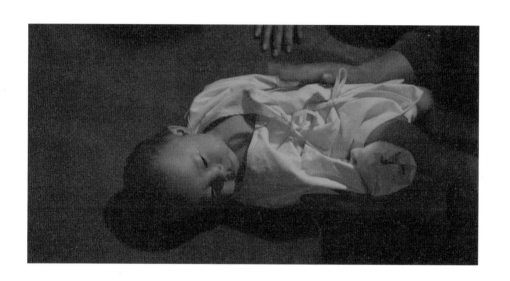

"고마운 건 우리지요, 언니. 이 아이가 없었으면 심심하여 진작 죽었을 게요. 그렇지 갓난아? 우리 갓난이."

"향화 너는 어찌 그리 아이를 잘 다루니? 아직 나이도 젊으면서."

"고향에 동생만 셋 있어요. 어릴 때 어머니가 병을 얻어 자리보전하고 아비라는 작자는 하루가 멀다 하고 술만 퍼마시니 그 어린 것들을 내가 다 업어 키웠다는 거 아니요."

"소녀가장이구만, 소녀가장이야. 하하."

웃음소리가 터져 나왔다. 어느덧 옛이야기로 시장터처럼 감방이 시끌벅적해지자 간수 하나가 다가와 문을 주먹으로 쳤다.

"시끄럽다!"

일순 감방 안이 조용해졌다. 간수의 발소리가 멀어지자 서로 눈짓을 주고받던 수감자들이 작게 웃음을 터뜨렸다.

"그런데 언니, 언제까지 아기 이름을 갓난이라고 부를 거예요?"

향화가 물었다. 그의 곁에 있던 순경이 거들었다.

"맞아요. 제대로 된 이름 하나 지어주어야죠."

"남편이 아이 이름 석 자도 안 지어주고 갔나보이?"

명철의 말에 명애가 난감한 듯 고개를 숙였다.

"그럴 정신이 없어서…."

"그럼 우리가 지어주면 되죠."

관순의 말에 다들 열심히 고개를 끄덕였다.

"이름을 무엇으로 한담."

별안간 아이 이름 짓기에 다들 골똘히 생각에 빠진 사이 방 한구석에서 조용히 기도문을 외우던 윤희가 나지막이 읊조렸다.

"해방이."

"해방이?"

귀신같이 그 작은 음성을 알아들은 규리가 되물었다.

"해방이 좋아요!"

관순이 환하게 웃으며 외치자 다들 해방이라는 이름을 중얼거리며 웃었다.

"그래, 이제부터 너는 해방이다."

향화가 해방이 이마를 손가락으로 살짝 치며 말했다.

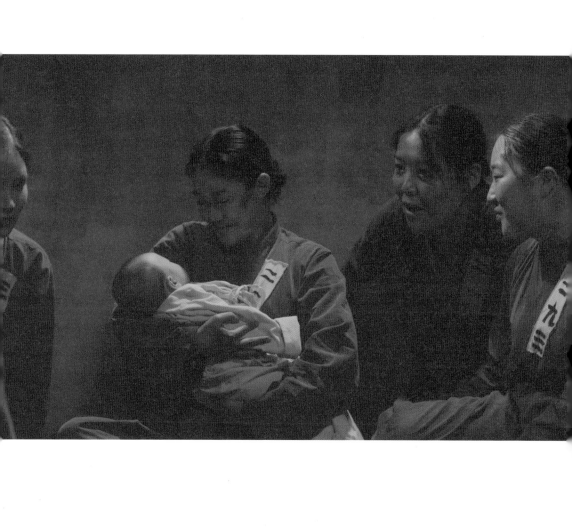

고통 속에서
피어나는
동지애

냉난방은 고사하고 화장실도 따로 없는 감방 안에서는 기저귀조차 마르지
않아 아이 대소변을 해결하기도 어려운 상황이었다. 급식 또한 형편없었지만
8호 감방 동료들은 자신이 먹을 음식을 덜어 영양 부족에 시달리는 산모와
신생아를 챙겼다. 하루하루 고통으로 가득 찬 수감생활을 달래준 건 서로서로
전하는 온정 그리고 노래였다.

"울밑에선 봉선화야 네 모양이 처량하다…."

늦은 오후 8호 감방안은 애라의 조용하고 구슬픈 목소리로 가득했다.
수감자들은 저마다 지친 몸을 서로에게 기대고 애라가 부르는 '울밑에선
봉선화'를 감상했다. 서글픈 곡조에 누군가는 그리운 고향을 생각하며 눈물을
훔치기도 했다. 그 모습을 가만히 보고 있던 향화가 혀를 끌끌 차며 자리를
박차고 일어서더니 양팔을 들어 느릿느릿 춤을 추며 애라에게 다가섰다.

"아니이이- 아니- 놀지는 못하리라- 서산- 에 해 기울고 황혼이 짙었는데
  안 오는 님 기다리며 마음을 조일 적에."

그러자 감방 안 사람들이 모두 놀라 향화를 바라보았다.

"무얼 그리 놀라고들 그러시오. 내 기생 것이니 이 정도는 기본이지."

"그랬지. 내 잊고 있었다."

애라의 말에 향화가 호탕하게 웃었다.

"하하, 어디 기생 년한테 제대로 한 곡조 배워볼 테요?"

"좋지."

"아니, 아니 놀지는 못하리라. 이리 해보시오."

"으흠. 아니, 아니 놀지는 못하리라."

수줍은 듯 향화를 따라하는 애라를 관순과 규리가 초롱초롱한 눈으로 바라보자 애라가 얼굴을 붉히며 손을 내저었다.

"아이, 나는 못하겠다."

"어허. 잘만 불러놓고 이제 와서? 내 이래 보여도 명색이 수원에서 따를 자 없는 명창인데, 이틀이면 내 밥줄도 끊겠구먼."

향화의 칭찬에 애라가 장난스럽게 공손한 척 양손을 끌어 모았다.

"무슨 그런 말씀을. 사부님, 소녀 아직 갈 길이 멀기만 하옵니다."

"아이고, 기생 팔자에 신학문 배운 이런 똑똑이를 제자로 두고. 나야말로 출세했네, 출세했어!"

농담을 던진 향화가 크게 웃었지만 다른 수감자들은 쉽게 웃지 못했다. 언뜻 가볍게 느껴지는 향화의 말 속에서 아픔이 느껴졌기 때문이다.

무능한 아비 탓에
기생이 된 향화

"행수! 행수 안에 계신가."

1903년, 대낮의 수원 권번 안은 주정꾼의 큰 소리로 소란스러웠다.

그의 한 손에는 술병이 들려 있고 다른 한 손에는 꼬질꼬질 때 묻은 헝겊쪼가리

같은 옷을 입은 어린 여자아이의 조막만 한 손이 잡혀 있었다. 마침 기생들에게

창가를 가르치던 행수가 밖으로 나와 주정꾼을 향해 쏘아붙였다.

"해가 중천인데 과객께서는 어찌 소란을 피우시는가?"

"열 살 먹은 계집 하나 사가시구려. 내 딱 5전만 받을 테니."

아비는 그 말과 함께 여자애를 물건처럼 내던졌고 그 우악스러운 손길에

흙바닥 위로 엎어진 아이는 금방 바닥을 기어 아비의 바짓단을 붙잡고 우는

소리를 냈다.

"아버지!"

"가만있어, 이년아."

아비는 필사적으로 자기를 붙드는 아이의 머리를 밀어내며 말했다.

'저저, 개잡놈 같으니.'

행수는 속으로 욕을 삼키며 주정꾼을 향해 손을 내둘렀다.

"일 없네. 이만 한 아이는 이미 이곳에 차고 넘치니 그냥 데려가시게."

"하면 막걸리 한 주전자에 가져가시든가."

"어허, 글쎄 아니 된대도! 이리 비쩍 마른 계집을 어디에 쓰라고."

행수는 귀찮다는 듯 몸을 돌리며 주정뱅이 아비를 외면했다. 그러자 이제껏
아비와 행수의 말을 듣고 있던 아이가 이번에는 행수 치맛자락을 붙들었다.

"어머, 얘가 왜 이래?"

"어미는 병으로 자리보전한 지 오래고 어린 동생 셋이 사흘 동안 곡기를
　입에 넣지 못해 죽어갑니다. 시키시는 일은 뭐든 다, 죽으라시면 죽는
　시늉이라도 할 테니 부디 곡식 반 말만 내주시어요."

"이거 놓아."

행수가 치맛자락을 잡고 흔들었지만 아이는 작은 손으로 꽉 잡은 행수의
치마를 놓지 않았다.

"놓으라니까!"

"도와주세요."

"내 일 없다고 하질 않아."

행수의 치맛자락을 붙잡고 이리저리 흔들리던 아이가 마침내
떨어져나갔다. 행수는 때 아닌 실랑이에 조금 거칠어진 숨을 고르며 엉망으로
구겨진 치맛자락을 털어냈다. 그때 별안간 아이가 땅바닥에 있던 돌멩이를
집어 항아리를 향해 던졌다. 쨍그랑 하며 항아리 깨지는 소리에 구경하던
기생들이 비명을 질렀다. 항아리 안에 담겼던 장이 바닥으로 흘러나와 검은
웅덩이를 만들었다. 아이는 그 가운데서 깨진 항아리 조각 하나를 주워 제 목에
가져다댔다. 그 광경을 보고 놀란 행수가 소리쳤다.

"뭐 하는 짓이냐?"

"어차피 굶어 죽으나 예서 죽으나 매한가지인 목숨입니다."

그렇게 말한 아이는 두 눈을 질끈 감고 깨진 조각을 쥔 손에 힘을 주어 목을 그으려고 했다. 그 순간 행수가 손으로 아이 손에서 항아리 조각을 쳐냈다.

"고년, 독기 하나는 쓸 만하구나."

"박연폭포 흘러가는 물은 범사정으로 감돌아든다. 에 에헤야 에 에루화 좋고
  좋다 어러험마 디여라 내 사랑아."

청명하고 높은 하늘에 떠오른 해가 겨우내 쌓였던 눈을 녹이고, 남쪽으로 갔던 새들이 하나둘 돌아와 지저귀는 늦은 봄 아침에 수원 권번의 기방 안에 설운 가락이 울려 퍼졌다. 어느덧 스물세 살 어엿한 여인이 된 향화의 목소리였다.

주정꾼 아비의 술값 대신, 아픈 어미의 약값 대신 저를 팔아 기생이 된 지 13년 만에 향화는 수원 지역에서 제일가는 일패가 되었다. 창이면 창, 춤이면 춤, 연주면 연주 못 하는 것이 없고 귀염성 있는 외모에 말솜씨까지 출중하니 감히 그를 따를 기생이 없었다.

그해 1월 22일 〈매일신보〉 1면에 광무황제의 홍거 소식이 실리자
조선 백성들은 비통함에 빠졌다. 경술년 국망 뒤 일제 앞에 무력하게 나라를
빼앗긴 황제에게서 돌아섰던 민심이 다시금 동요했고 덕수궁 대한문 앞은
곡소리를 내며 몰려든 백성들로 인산인해를 이루었다.

이러한 소식은 경성의 성문을 넘어 전보를 타고 향화가 있는 수원에까지
흘러들었다.

"우리가 기생일망정 불경한 태도로 요릿집에 가서 장구 치고 노래하지는
　　못하겠다. 우리도 이 나라 백성이고 궁인이니 마땅히 상경하여
　　망곡하리라."

향화는 황제의 홍거 소식을 듣고 아연하여 권번 문을 걸어 닫았다.
그리고 그달 27일 기생 20명과 함께 소복 차림으로 서울로 올라왔다.

향화가 도착했을 때 덕수궁 대한문 앞은 황제의 죽음을 슬퍼하는 백성들이
가득했다. 향화는 그곳에서 마찬가지로 소복 차림을 한 경성의 기생들을
만났고 그들은 그곳에서 앞으로 있을 전국 기생 만세운동의 첫 신호탄을
올리게 되었다.

수원에서 기생들이
만세운동에 나서다

    1919년 3월 1일 늦은 밤에 광교산 수원 시내가 내려다보이는 방화수류정에 횃불이 올랐다. 바로 옆 용연이라 불리는 연못의 수면은 이리저리 움직이는 불빛으로 마치 승천을 앞둔 용이 꿈틀거리듯 일렁였다.

    "대한 독립 만세!"

    "만세! 대한 독립 만세!"

    만세운동은 화성 봉돈의 봉수대에서 밝혀진 횃불을 신호로 시작되었다. 방화수류정의 독립 만세 함성은 조용하던 수원 시내를 발칵 뒤집어놓았다. 수원 사람 열 몇이 횃불을 손에 들고 방화수류정 언덕의 능선을 따라 행진했고 그들이 외치는 만세 함성은 남문 밖 객줏집 거리를 넘어 향화가 있는 수원 권번에까지 울려 퍼졌다.

    난리 통에 잠에서 깬 향화와 기생들은 소복 차림으로 권번 밖으로 뛰쳐나왔다.

    "언니, 무서워요."

    불안한 듯 어린 기생이 팔을 붙잡자 향화는 어린 기생의 손을 맞잡아주며 방화수류정 위를 가득 메운 횃불의 행렬을 가만히 바라보았다.

이튿날 날이 밝자 횃불 시위 주동자들이 일본군에 잡혀갔고, 그들은 굴비처럼 포승줄에 엮여 가면서도 독립 만세를 외쳤다.

"우리도 가만히 앉아만 있을 수는 없겠다."

그날 밤 권번 안 기방에 모여 앉은 기생들은 향화의 말에 고개를 끄덕였다.

1919년 3월 29일 오전, 수원의 종로거리를 화려하게 차려입은 향화를 비롯한 어린 기생 30여 명이 줄지어 걸어갔다.

"거기 서라. 집단으로 3인 이상 모여 다니지 말라는 총독부 명을 듣지 못했나?"

검문검색 중이던 일본군 하나가 향화 곁에 서 있던 기생 하나를 붙잡고 물었다.

"아이 참, 나리. 수원 옥화루도 모르시우?"

"옥화루고 뭐고 이 앞으로 더는 갈 수 없으니 물러서라."

일본군이 밀치며 소리치는 바람에 하마터면 넘어질 뻔한 기생을 부축한 향화가 일본군 앞을 막아서며 말했다.

"수원예기조합의 취체역 김향화요. 말씀하신 그 조선총독부의 명으로 자혜병원에 위생검사를 받으러 가는 길이니 비켜주시오."

"뭐야, 기생 것들인가?"

일본군들이 향화의 말에 인상을 쓰며 물러나자 기생들은 까르르 웃으며 서로 바라보고는 은밀히 눈짓을 주고받았다.

"대한 독립 만세요!"

기생 하나가 치마폭을 뒤집으며 외쳤고 치마폭 안에 숨겼던 태극기와
독립선언서가 손에서 손으로 넘겨졌다. 당황한 일본군이 기생을 붙잡으려고
했으나 향화를 비롯한 다른 기생들 역시 손에 태극기와 독립선언서를 들고
일제히 만세를 부르기 시작했다.

"대한 독립 만세요!"

때 아닌 독립 만세 소리에 길을 지나던 사람들도 하나둘 향화와 기생들의
행렬에 동참했다. 여기저기서 만세 소리가 튀어나왔고 어느덧 종로거리는
만세 함성으로 가득했다.

"이것들이!"

일본군이 허공에 공포탄을 쏘며 협박했지만 누구도 물러서지 않았다.
행렬은 점점 더 커졌고 기생들은 준비한 태극기와 선언문을 나눠주며
사람들을 불러 모았다. 보다 못한 일본군이 향화와 기생들을 때려잡기
시작했다. 순식간에 난장판이 된 거리에서 향화는 일본군에게 맞고 옷이
찢기면서도 손에 든 태극기를 놓지 않았다. 그의 눈에도 3월 1일, 그날 보았던
방화수류정의 장렬한 불꽃이 타오르고 있었다.

금언령에는
통방으로!

　　총감과 통화하는 가키 소장의 얼굴이 짜증으로 붉게 물들었다. 집무실
한구석에 서서 그 모습을 지켜보던 간수장 마쓰자키는 소장이 통화를
끝내자마자 물었다.

　　"총감님께서 어쩐 일로…."

　　"요즘 만세운동 때문에 여기저기 난리도 아니군."

　　"엄히 다루겠습니다!"

　　"그것만으로는 안 돼! 무슨 수를 써서라도 이 형무소에서 만세운동이
　　일어나서는 안 된다. 알겠나?"

　　"예, 소장님!"

　　3·1운동 후 1년이 지나 1920년이 되었지만 전국을 뜨겁게 달군
만세운동의 열기는 여전히 식을 줄 몰랐다. 이는 독립운동가들이 수감된
서대문형무소에서도 마찬가지였다. 8호 감방의 관순을 비롯하여 많은
수감자가 틈만 나면 옥중 만세운동에 앞장섰고, 이 만세 함성은 형무소 밖
거리에까지 울려 퍼져 가뜩이나 예민해진 일경들을 잠 못 들게 했다.

당시 만세운동을 진압하고 관련자를 체포하는 일을 책임진 경시청에
비상이 걸렸다. 하루에도 적게는 서너 명에서 많게는 수십 명이 부지불식간에
태극기를 들고 나와 만세를 외쳐댔다. 이제는 만세의 '만'자만 들어도
노이로제에 걸릴 지경이었다.

"오늘부터 형무소 안에서는 어떤 조선말도 사용할 수 없다! 그 입을 한
  번이라도 벙긋거렸다가는 혓바닥이 잘릴 줄 알아라!"

가키 소장의 명령에 따라 간수장 마쓰자키는 여옥사를 비롯한 온 형무소에
금언령을 내렸다. 그러나 이에 그대로 물러설 관순과 수감자들이 아니었다.

"어때, 뭐가 좀 들려?"

"쉿."

향화의 물음에 관순이 입술에 손가락을 대고는 벽에 귀를 대고 주먹으로
벽을 쿵쿵 두드렸다. 그러자 옆방에서도 화답하듯 벽을 치는 듯한 소리가
들려왔다. 만세운동을 도모할까 두려워 형무소에 금언령이 내려지자
수감자들이 벽을 두드려 통방하는 방법을 택한 것이다.

관순의 두드림은 이윽고 이어진 방에서 방으로 퍼져나갔다. 각 방의
방장들은 통방을 하며 내용을 전달받고 귓속말과 손짓과 발짓을 해가며
다가오는 3월 1일 3·1만세운동 1주년 기념 만세운동을 준비했다.

"이제 며칠 안 남았어. 다들 각오는 되어 있지?"

8호방 바로 옆 9호방 방장 이신애의 말에 9호방 수감자들이 비장한 얼굴로
고개를 끄덕였다.

용서는 해도
잊지는 말자

"거사 전에 왜놈들이 눈치채지 못하게 해야 합니다."

조용한 여옥사 안에 속삭이는 관순의 목소리가 작게 울려 퍼졌다. 바로 옆 벽에 기대어 관순의 목소리를 듣고 있던 신애는 주먹으로 벽을 쳐서 대답을 대신했다.

"거기 뭐 하는 짓이냐!"

그때 복도를 순찰하던 간수 하나가 달려와 9호방 철창문을 쾅 치며 소리치고는 문에 달린 작은 창을 열어 안을 들여다보았다. 옆방에서 나는 소리에 관순을 비롯한 8호방 수감자들은 모두 얼어붙었고 신애 역시 두려운 눈초리로 창 너머의 간수를 바라보았다.

"거기 너! 자지 않고 뭐 하는 거냐?"

신애는 대답하지 않고 간수의 시선을 애써 피했다. 그러자 소란을 듣고 달려온 마쓰자키가 간수를 붙잡고 물었다.

"무슨 일이냐?"

"제가 순찰을 돌던 중 이상한 소리를 들었습니다."

"이상한 소리?"

"벽… 분명 벽을 쿵쿵 치는 소리였습니다."

간수의 말에 마쓰자키의 뱀 같은 눈이 더욱 가늘어졌다.

"이것들, 무슨 일을 꾸미는 게 분명하다!"

그러고는 바로 옆의 8호방을 가리켰다. 마쓰자키의 명령에 따라 간수들이 8호방 문을 열고 안으로 들이닥쳤다. 그들은 힘없이 누워 있는 관순의 양팔을 붙잡아 일으켰다. 놀란 8호방 수감자들이 간수들을 붙잡고 말렸지만 이내 무차별 매질에 떨어져나갔다.

"네년이 꾸민 짓이지?"

"무슨 소리를 하는 것이냐?"

"발뺌해도 소용없다. 고문실로 끌고 가라!"

마쓰자키의 명령에 간수들이 관순을 밖으로 끌어냈다.

"놔라! 놓지 못하겠느냐!"

"닥쳐!"

마쓰자키가 거세게 저항하는 관순의 뺨을 갈겼지만 관순은 계속해서 몸부림쳤다. 이윽고 매질이 이어졌다. 간수들의 모진 매질에도 관순은 자신을 내려다보는 마쓰자키를 노려보았다.

"아이고 관순아!"

8호방 안에서 곡소리가 흘러나왔고 다른 방들은 문밖에서 나는 소리를 엿들으며 울분과 눈물을 삼켰다.

관순은 고문실로 끌려가 몇 시간 동안 고문을 당한 뒤 두 다리를 뻗고 누울 수도 없는 좁고 어두운 독방에 갇혔다. 상처에서는 열이 오르고 밥 한 술, 물 한 모금 먹지 못해 곯은 배가 쑤시고 아팠으나 앓는 소리를 낼 기력도 없어 벽에 기대어 잠을 청했다.

그러다 문득, 관순은 1년 전 4월 고향 천안의 아우내장터에서 있었던 일을 떠올렸다. 일제의 총칼에 무참히 죽어나간 마을 사람들은 관순이 매일 같이 음식을 나누던 이웃이었고, 함께 뛰어놀던 친구들이었다. 또 힘없는 노인과 아무것도 모르는 어린아이들이었다. 그리고… 그리고… 그리운 어머니, 아버지….

관순의 눈에 눈물이 맺혔다. 그날 어머니와 아버지가 돌아가시고 여기까지 오는 동안 눈물 한 방울 흘리지 않았으나 오랜 감옥 생활과 고문으로 몸과 마음이 지쳐 있었다. 가만히 앉아 부모님을 그리며 눈물을 흘리던 관순은 이윽고 손으로 뺨에 흐르는 눈물을 훔치고는 간신히 두 다리를 모아 무릎을 꿇었다. 그리고 떨리는 손을 마주 잡고 조용히 마음으로 기도를 했다.

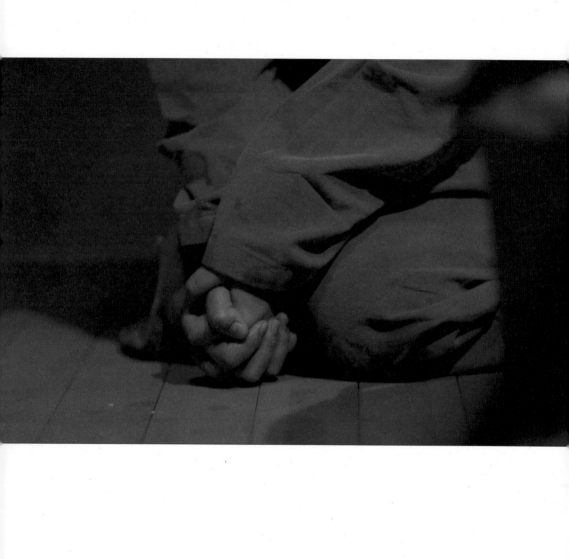

어리석은 저희들은 빼앗겨봐야
소중함을 압니다.
가진 것을 잃어봐야
귀중함을 압니다.
내 부모, 내 자식 하늘에 묻어본 자만
그 아픔, 그 슬픔 압니다.
일제의 총칼에 피토하며 죽어간
내 아버지, 내 어머니를 생각하면
마음이 미어집니다.
내 조국, 내 나라를 빼앗기니
이렇게 원통하고
이리 가슴 찢어지는 것을.
겁 많고 힘없는 어린 소녀마저
가만히 지켜볼 수 없게 만든,
두 주먹 움켜쥐고 분연히 일어서게 만든
저들의 패악질을 온 세상이 기억하게 하소서.
무슨 짓을 하는지도 모르는 그들을 용서는 하되
오늘을 결코 잊지 않게 하소서.

옥중에서
울려 퍼진
대한 독립 만세!

"대한 독립 만세!"

마침내 1920년 3월 1일, 서대문형무소의 아침은 여옥사 8호 감방의 만세 함성으로 시작되었다. 1919년 3·1운동이 있은 지 만 1년이 되는 날 서대문형무소 수감자들은 일제히 독립 만세를 외쳤다. 복도 끝에 앉아 졸고 있던 간수가 그 소리에 벌떡 일어났다.

"누구냐?"

간수가 외쳤지만 8호방에서 시작된 만세 소리는 곧 파도처럼 방과 방으로 이어졌고 수감자들은 변기 뚜껑을 두드리거나 철창문을 발로 차며 있는 힘껏 만세를 불렀다.

"대한 독립 만세!"

형무소 안은 어느덧 만세 합창으로 가득 찼다. 그 기세가 어찌나 맹렬한지 어안이 벙벙해진 간수는 더 말리지 못하고 간수장실로 줄행랑을 쳤다.

"신대한국 독립군의 백만 용사야-."

잠시 후 애라의 선창으로 독립군가가 시작되자 향화가 웃으며 절도 있는 목소리를 더했다. 이윽고 규리, 윤희, 명철, 관빈, 순경, 명애를 비롯한 8호 감방의 수감자들도 애라의 독립군가를 따라 부르며 힘을 실었다.

"원수들이 강하다고 겁을 낼 건가-."

9호 감방의 수감자들도 합세하여 군가를 불렀고 신애는 자신의 왼쪽 가슴을 주먹으로 두드리며 외쳤다.

"관순이를 독방에 가둔다고 우리가 가만히 있을 줄 알았더냐!"

"만세! 대한 독립 만세!"

그 말에 9호 감방 수감자들이 더욱 크게 만세를 불렀다.

"너희가 틀렸다! 우리를 가두고 매질하고 죽인들 우리는 멈추지 않을 것이다!"

그들의 만세 함성은 관순이 갇힌 지하 독방까지도 들려왔다. 관순은 희미해지는 정신을 붙잡고 양손을 있는 힘껏 쥐고 쉬어버린 목을 짜내어 독립 만세를 외쳤다.

"대한 독립, 만세. 만세. 만세!"

독방뿐만이 아니었다.

"이게 무슨 소리야?"

"저기 저 형무소에서 들리는 것 같은데."

옥중 만세운동은 형무소 전체를 넘어 밖으로까지 퍼져나갔다. 길을 지나던 사람들이 하나둘 형무소 앞으로 몰려들었고 그들 중 누군가 용기를 내어 외쳤다.

"대한 독립 만세!"

그러자 마치 물에 풀어놓은 물감처럼 만세 함성은 거리로 일파만파 퍼져나갔고 어느덧 구름처럼 몰려든 사람들이 형무소 안의 수감자들을 따라 만세를 불렀다. 그들은 눈물을 흘리면서도, 가슴을 치면서도 만세를 멈추지 않았다.

모진 고문에도
굴하지 않다

조용하던 집무실에 전화벨이 요란하게 울리자 가키 소장은 태우던 담배를 재떨이에 비벼 끄고는 전화기를 받아들었다.

'소장님, 큰일 났습니다.'

수화기 너머에서 들려오는 간수장 마쓰자키의 음성에 가키 소장의 얼굴이 점차 오니처럼 일그러졌다.

"뭐? 옥중 만세? 이것들이 미쳤구나! 감히 대일본제국의 천황 폐하를 모독해? 모두 잡아 고문실에 가둬! 내가 직접 심문하겠다!"

목숨을 건 수감자들의 옥중 만세운동은
일제의 어떤 탄압에도 굴복하지 않겠다는
그들의 조선 독립 의지를 온 세상에 알린
아름답고도 처연한 외침이었다.
그렇게 그들은 독립운동의 불씨를 다시 살려냈다.

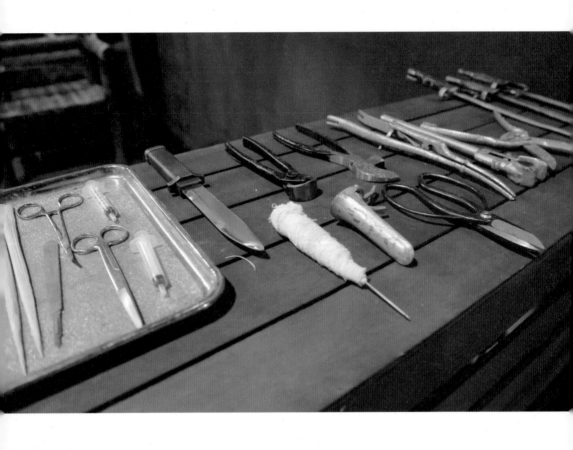

간수들은 진압봉으로 수감자들을 구타한 뒤 소장의 명령에 따라 각 방의 방장들과 8호 감방 수감자들을 전부 끌어내 고문실에 가뒀다. 옥중 만세 이후 일제의 고문은 더 악랄해졌는데 채찍질에 생살이 떨어져나가고 살갗이 불에 태워지는 등 수감자들은 매일 참혹한 고문에 시달려야 했다.

간수들은 8호 방장인 윤희부터 고문을 시작했다. 윤희는 양팔이 묶인 채 벽에 매달려 채찍질을 당했다. 간수의 채찍이 등허리를 칠 때마다 살점이 떨어져나가고 눈앞이 번쩍거렸으나 윤희는 어금니를 꽉 물고 신음을 참아냈다. 바로 옆방에는 젖은 수건으로 얼굴이 덮인 채 뜨거운 물로 물고문을 당하는 향화와 젓가락으로 손가락이 비틀려 비명을 내지르는 명철 그리고 어린아이나 겨우 들어갈 법한 작은 상자 안에 갇힌 관빈과 순경, 주리 틀기를 당하는 애라가 있었다.

"말해라, 주동자가 누구냐. 유관순이냐?"

"이 권애라가 주동자요."

"아니다! 이 심명철이 주동자다!"

간수들은 어떻게든 이번 옥중 만세운동의 주동자를 잡아 책임을 지우려고 했다. 그러나 8호 감방 수감자 모두가 자신이 주동자라고 나서는 바람에 심문하기가 쉽지 않았다. 결국 마쓰자키는 평소 눈엣가시였던 관순을 주동자로 몰아 집중 고문에 들어갔다.

"말해라! 무슨 목적으로 만세를 외친 것이냐?"

마쓰자키의 물음에 쇠사슬에 힘없이 매달려 있던 관순이 고개를 들었다. 여러 차례 맞아 얼굴이 퉁퉁 부어 두 눈을 제대로 뜨는 것조차 힘겨워 보였음에도 관순은 있는 힘껏 마쓰자키를 노려보았다.

"무슨 목적? 내 목적은 오직 조국의 독립. 너희가 빼앗아간 이 땅을 되찾는 것뿐이다."

관순의 말에 마쓰자키가 비웃는 투로 말했다.

"너희가 그깟 만세를 부른다고 나라를 되찾을 수 있을 것 같으냐?"

"10년이 걸려도, 100년이 걸려도 반드시 되찾을 것이다. 너희는 결코 막을 수 없어!"

"이래도 네년이 그렇게 말할 수 있는지 보자!"

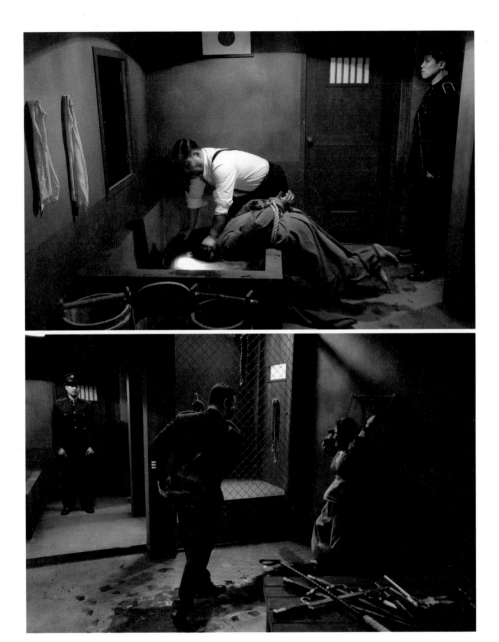

마쓰자키가 불에 달군 인두를 집어 관순의 가슴을 누르자 뜨거운 인두에 살이 지져지며 극심한 고통이 느껴졌다. 관순은 차마 비명도 지르지 못하고 숨이 넘어갈 것처럼 헐떡였다.

"네 나라는 이미 없어진 지 오래되었다! 순순히 자백하고 대일본제국의
　천황 폐하를 섬겨라!"

마쓰자키가 외쳤지만 관순이 고개를 떨어뜨린 채 미동도 하지 않자 다른 간수가 바가지에 찬물을 떠서 관순에게 끼얹었다. 그에 정신을 잃었던 관순이 크게 숨을 들이쉬며 두 눈을 번쩍 떴다.

"대답해라, 유관순! 대일본제국의 천황 폐하를 위해 만세를 불러라!"

"대한… 대한… 독립 만세."

"이년이 그래도. 옷을 모두 벗겨라!"

마쓰자키의 명령에 간수들이 달라붙어 관순의 옷을 모두 벗겼다. 마쓰자키는 다시금 화로에 인두를 달궜고 관순은 빨갛게 달궈지는 인두를 바라보며 이를 악물고 내뱉었다.

"나는 결코 오늘을 잊지 않을 것이다. 내 두 눈으로 똑똑히 지켜볼 것이다.
　내 조국이 독립되는 날을."

화가 난 마쓰자키가 인두로 관순의 음부를 지졌다. 살이 타서 방 안 가득 연기가 떠다녔고 관순은 점차 정신을 잃어가면서도 마쓰자키를 노려보는 눈에 힘을 풀지 않았다. 그의 눈은 마치 이미 해방된 조국을 담고 있는 듯했다.

일제는 상상조차 할 수 없는 잔혹한 고문을
유관순에게 가했다.
머리에 콜타르를 발라 머리 가죽을 통째로 벗겨내고
손톱과 발톱을 강제로 뽑았다.
뜨거운 물 고문, 변 고문, 바늘 고문에
면도칼로 귀와 코를 깎아내리고
달군 쇠로 음부를 지졌다.
일제는 말로 표현할 수 없는
성고문도 서슴지 않고 저질렀다.

음산한 분위기가 감도는 복도를 온갖 잔혹한 고문으로 온몸이 만신창이가 된 관순이 간수 두 명에게 양팔이 붙들린 채 끌려오고 있었다. 때마침 서대문형무소로 이감되어 들어오던 동풍신은 마주 오는 관순을 바라보았다.

"대한, 대한… 독립 만…세."

거의 정신을 잃어 의식이 없는 관순이 작게 중얼거리는 말에 풍신이 두 눈을 빛내며 외쳤다.

"대한 독립 만세!"

"닥쳐라!"

간수들은 관순과 풍신을 8호 감방 안으로 던져 넣었다.

"관순아!"

다 죽어가는 관순의 몰골을 보고 놀란 애라가 관순을 안아 들었다. 애라의 말에 힘없이 벽에 기대어 있던 8호 감방 수감자들이 놀라 관순을 보았다.

"관순아, 정신 좀 차려보아라. 고작 열여덟 이 어린 것을 어찌 이리도 모질게 고문한단 말이냐, 이 천하의 개잡놈들 같으니. 관순아, 관순아!"

8호 감방 안에 울음소리가 가득했다. 애라는 관순의 바지에 묻은 피를 보고는 아랫입술을 꽉 물었다. 열여덟 살 관순은 애라의 눈에는 아직 피지 못한 꽃봉오리 같은 소녀이자 똑똑하고 짓궂은 학당 후배이기도 했다. 그런 관순이 도무지 산 사람이라고는 볼 수 없는 몰골이 되도록 고문을 당했으니 애라는 억장이 무너졌다.

"열이 높으니 우선 열을 식혀줍시다."

그 광경을 보고 있던 풍신이 관순의 이마를 짚어보며 말했다. 그 말에 퍼뜩 정신이 든 애라와 순경이 관순의 옷을 걷어 올리다가 깜짝 놀랐다. 온통 인두에 지져진 상처, 칼에 베인 듯한 상처와 뽑혀나간 손톱과 발톱에 형체를 알아볼 수 없는 유방까지 너무나 끔찍한 모습이었다. 순경이 애써 눈물을 삼키며 속옷을 찢어 관순의 상처에 둘러주려 했으나 고문으로 손이 망가져 붕대를 매듭짓지 못하자 풍신이 거들었다.

"나는 명천에서 온 동풍신이오. 화대장터에서 만세운동 중에 아비를 잃었소."

풍신의 말에 다들 조용히 고개를 숙였다. 풍신은 어느덧 정신을 잃은 관순을 바라보며 피투성이가 된 손을 조심스럽게 잡았다.

끝내 조국의
독립을 보지 못하고
눈감다!

일본 정부는 1920년 4월 28일 왕세자 영친왕과 일본 왕실의 니시모토 마사코, 이른바 이방자 여사의 결혼으로 5천여 명에 이르는 한국 정치범에게 사면령을 내렸다. 이에 따라 생사를 넘나들며 한 방에서 동고동락하던 8호 감방 수감자들도 하나둘 출소했다. 그렇게 해서 8호 감방에 있던 어윤희, 9호 감방에서 수감 중이던 평안북도 출신 이신애 그리고 나중에 들어온 함경도 출신 동풍신이 남아 관순 곁을 지켰다. 관순도 형기의 절반을 감형받았으나 이미 고문으로 몸과 정신이 죽어가고 있었다.

"관순아, 관순아. 깨어 있니?"

"…몸이 너무 아파요…."

"그래, 안다, 알아. 괜찮아질 게다. 곧 괜찮아질 거야."

윤희는 하루하루 죽어가는 관순을 보며 매일 하늘에 기도를 올렸다. 부디 저 어린 소녀가 더는 고통받지 않기를, 안식을 되찾고 조금이나마 편안해지기를 기도하고 또 기도했다.

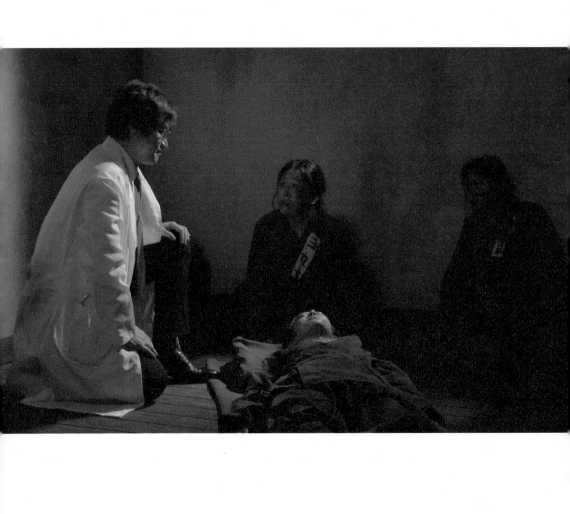

그러던 어느 날 관순의 상태가 심상치 않다고 보았는지 의사가 와서 관순의 상태를 살폈다.

"으흠."

낡은 모포 위에 누운 관순을 의사가 이리저리 살폈다. 눈꺼풀을 들어 동공을 확인하고 혈압을 쟀지만 옆에 감시하듯 서 있는 간수들을 향해 말했다.

"별 이상 없습니다."

간수들은 비열하게 웃으며 힘없이 늘어진 관순을 두고 감방 밖으로 나갔다.

관순은 멀리서 불어오는 바람소리를 듣고 눈을 떴다. 검은 회벽 한쪽에 난 작은 창 너머로 아득히 높았던 하늘이 오늘만큼은 코앞에 있는 듯 가깝게 보였다. 푸른색 비단 위로 뭉게뭉게 피어난 구름들이 보이고 어디선가 까르르 낯익은 웃음소리가 들려왔다. 잠시 잊고 있던 지난날, 살면서 가장 행복했던 순간이었다.

"관순아, 관순아. 그리 좋으냐?"

"예, 좋고말고요. 어머니, 아버지. 경성은 어떤 곳일까요? 예도 언니 말로는 지금껏 본 적 없는 별세계라는데 정말 기대되어요."

"아무리 좋아도 앞은 보면서 걸어야지. 그러다 넘어지면 어쩌려고."

눈이 내리는 들판에서 환하게 웃고 있는 어머니와 아버지가 보였다.

어머니, 아버지….

내 손톱이 빠져나가고, 내 귀와 코가 잘리고, 내 손과 다리가 부러져도 그
고통은 이길 수 있사오나 나라를 잃어버린 그 고통만은 견딜 수 없습니다.

어머니, 아버지.

나라에 바칠 목숨이 오직 하나밖에 없다는 것만이 이 소녀의 유일한
슬픔입니다.

어머니, 아버지.

저도 곧 두 분 뒤를 따라갈 테니 부디 그날처럼 제 손을 맞잡고 환히
웃어주세요.

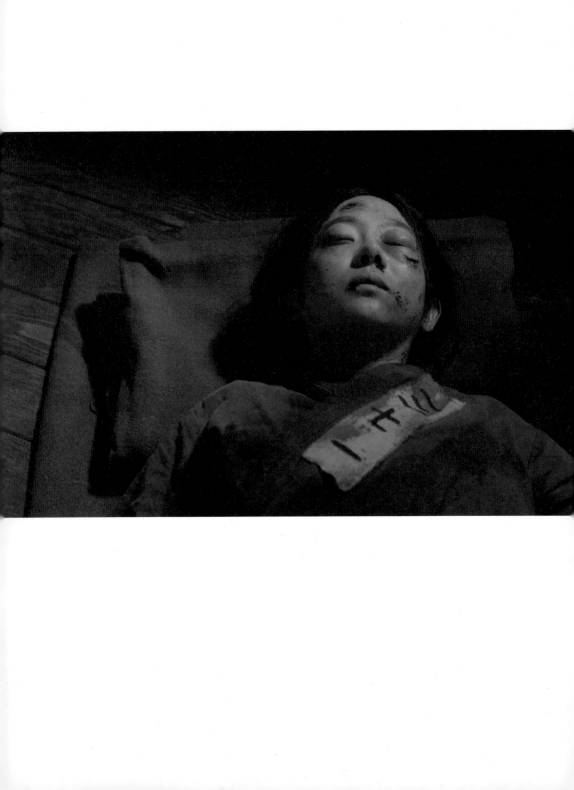

관순은 눈물을 흘리며 조용히 두 눈을 감았다. 그리운 가족을 만난 듯 희미한 미소를 띠운 채⋯. 1920년 9월 관순의 나이 겨우 열여덟 살이었다.

열여덟,
아름다운 소녀였던 관순은
독립운동가로서 치열한 삶을 살다가
1920년 9월 28일 옥사한다.
석방을 이틀 앞둔 날이었다.

유관순의 죽음에 함구하던 일제는 이화학당 관계자들과 선교사들의 추궁에
못 이겨 마침내 시신을 인도하기로 결정한다. 다소 이른 첫눈이 내리던 새벽에
굳게 닫혔던 형무소 철문이 열리고 달구지에 실린 관순의 시신이 나왔다.
형무소 앞에서 초조하게 기다리던 프라이 교장과 선교사들 그리고 관순의
동기들이 재빨리 달려가 달구지 앞에 섰다.

"관순아!"

가마니 아래로 살짝 보이는 관순의 손은 손톱이 전부 뜯겨나가 형체를
알아볼 수 없었고 인두로 지진 자국이 여기저기 보였다. 선교사들과
학생들은 눈물을 흘리며 관순의 손을 가마니 안으로 밀어 넣었다. 그들은
서로 손을 맞잡고 관순을 위해 기도를 올렸다. 조선의 약자였던 여성이자
신문물을 받아들인 똑똑한 학생이며, 동시에 누구보다 치열한 삶을 살아온
독립운동가인 유관순을 위하여.

달구지는 묘지로 향했고 이틀 뒤인 10월 14일 종로교회에서는 이화학당
관계자들과 학생들이 모인 가운데 조촐하게 장례식이 치러졌다.

그리고 1921년 풍신은 관순에 이어 옥중 만세를 주도하다 모진 고문을 받고
사망했다. 그의 나이 열일곱 살이었다.

나라에 바칠 목숨이
오직 하나밖에 없다는 것만이
이 소녀의 유일한 슬픔입니다.
하나님 이 조선을 지켜주소서.

• 에필로그

강 기자는 노트북 자판을 두드리던 손을 멈췄다. 뻣뻣해진 뒷목을 주무르고 식어
버린 커피를 들이켜니 갑자기 피로가 몰려왔다.

2015년 8월 12일, 유관순이 옥사한 지 100년이 다 되어서야 히토야마 유키오 전
일본 총리가 서울 서대문구 서대문형무소 추모비 앞에 무릎을 꿇었다.

"오늘 저는 일본의 전 총리로서, 일본인의 한 사람으로서 또 한 명의 인간으로서
이곳 서대문형무소를 찾았습니다. 과거 일본은 일제강점기 독립운동을 위해 많
은 힘을 쓰셨던 분들의 목숨을 끔찍한 고문으로 빼앗고, 해서는 안 되는 일들을
자행하였습니다. 이에 진심으로 사죄의 말씀을 드립니다."

하토야마 전 총리는 신발을 벗고 두 손을 모아 묵념한 뒤 절을 올렸다. 다시 신발
을 신고 일어서면서도 그는 고개를 두 번 더 숙였다. 그러면서 유관순을 비롯한 많은

독립운동가가 형무소 안에 들어와서도 계속해서 만세를 외쳤다고 들었다며 그분들에게 경의를 표한다고 말했다.

하지만 일본은 강제징용, 일본군 위안부 피해자, 문화재 약탈 등 수많은 문제에 대해 공식적으로 어떤 사과도 하지 않고 있다. 일제 잔재는 여전히 우리 주변을 망령처럼 떠돌고 있다. 100년 전 그들이 지켜낸 나라! 100년이 지난 오늘 분단된 조국에 그들이 묻는다. 이 나라와 이 땅, 대한민국은 무엇인가?

텔레비전에서는 새해의 시작을 알리는 제야의 종소리를 듣기 위해 많은 사람이 보신각으로 몰려들었다며, 얼마 남지 않은 2018년 그리고 곧 다가올 2019년 정부 각 부처의 계획에 대해 이런저런 말들을 늘어놓았고 잠시 후 카운트다운이 시작되었다. 강 기자는 리모컨을 들어 볼륨을 높인 뒤 10초부터 거꾸로 세어가는 동안 창밖을 바라보았다.

2018년 마지막을 서울에서 보낸다니…. 까만 하늘에는 관순이 죽은 그날처럼 하얀 눈이 흩날렸다. 면회실에서 보았던 어린 소녀답지 않은 의연한 얼굴이 떠올랐다. 그리고 그가 남긴 마지막 말도 머릿속을 맴돌았다.

강 기자는 다시 노트북 앞에 앉아 자판을 두드려 원고를 마감했다.

"그 시절, 빼앗긴 조국을 되찾기 위해 목숨을 내놓고 거리로 나선 여인들 수백, 수천 명이 모두 유관순이다. 그들이 목숨 바쳐 지켜낸 이 땅에서 우리는 과연 그들에게 부끄럽지 않은 삶을 살고 있는가? 빼앗겼던 조국의 그날을 우리는 잊지 않고 있는가?"

"나의 죽음으로 내 후대들은 반드시
자신의 말과 글로 목청껏 자유를, 만세를 부르게 하소서!
용서는 하되 오늘을 잊지 말게 하소서!"

백 년 전 소녀의 기도, 그들이 지켜낸 나라!
그들이 묻는다!
당신에게 이 나라와 이 땅, 대한민국은 무엇입니까?

유관순(柳寬順, 1902년 12월 16일~1920년 9월 28일)은 일제강점기의 독립운동가이다. 3·1운동으로 시작된 만세운동을 천안에서 주도하다가 체포되어 서대문형무소에서 모진 고문을 받다 순국했다. 1916년 미국인 선교사의 추천으로 이화학당 초등부 3학년에 편입했고 1919년 이화학당 고등부에 진학했다. 1919년 3월 1일 있었던 3·1운동에 참여하고 3월 5일의 만세 시위에도 참여하였다. 총독부의 휴교령으로 고향 천안에 내려와 후속 만세 시위에 주도적으로 참여했다가 일제에 체포되어 공주지방법원에서 징역 5년형을 선고받아 항소했고, 경성복심법원에서 징역 3년을 선고받았지만 상고를 포기해 형이 확정되었다. 일제의 교도소 내 가혹행위로 1920년 9월 28일 사망했다. 2013년 주일대사관에서 발견되어 국가기록원이 이관받아 11월 19일 공개한 자료에 따르면 '유관순, 옥중에서 타살(打殺)'로 기재되어 있다. 1996년 이화여자고등학교에서 명예졸업장을 추서하였다.

1962년 대한민국 건국훈장 독립장이 추서되었으며, 2019년 3월 1일 1등급 건국훈장 대한민국장을 추가 서훈하였다.

어윤희(魚允姬, 1881년 6월 30일~1961년 11월 18일)는 전도사, 독립운동가, 사회사업가이다. 1919년 3·1운동 때 개성 일대에서 권애라, 신관빈, 심명철 등과 독립선언서를 배포하고 만세운동의 선두에서 활약하다 붙잡혀 옥고를 치렀다. 광복 후에는 유린보육원을 설립하고 교회 장로로 일하는 등 사회사업에 힘썼다. 1995년 건국훈장 애족장이 추서되었다.

권애라(權愛羅, 1897년 2월 2일~1973년 9월 26일)는 유치원교사, 전도사, 독립운동가이다. 유관순의 이화학당 2년 선배이며 1919년 2월 26일 호수돈여고 기숙사에서 어윤희에게 독립선언서 80매를 전해줘 주요 인사에게 배포하도록 했다. 3·1운동이 일어나자 어윤희, 신관빈, 심명철 등과 개성지역 독립 만세운동을 주도하다 붙잡혀 5월 30일 경성지방법원에서 보안법 위반으로 징역 6개월을 받았다. 1990년 건국훈장 애국장이 추서되었다.

심영식(沈永植, 1896년 7월 15일~1983년 11월 7일)은 시각장애인 전도사, 독립운동가로 심명철(沈明哲)은 그의 세례명이다. 1919년 3·1운동이 일어나자 어윤희, 신관빈, 권애라 등과 함께 개성지역 독립 만세운동을 주도했으며 5월 6일 경성지방법원에서 보안법 위반으로 징역 10개월을 받았다. 1990년 건국훈장 애족장이 추서되었다.

김향화(金香花, 1897년 7월 16일~?)는 수원 출신 기생, 독립운동가이다. 3·1 운동 당시 수원에서 만세운동을 주도했다.

2009년 대통령 표창이 추서되었다.

이신애(李信愛, 이자경(李慈卿), 1891년~?)는 평안북도 구성 출신으로 독립 운동가, 여성 계몽운동가이다. 호수돈여학교 3학년 때인 1913년 결핵에 걸려 학교를 중퇴하고 그다음 해 4월 원산성경학교를 졸업했다. 그 후 원산 루씨여학교와 두남리분교 교사로 학생들을 가르쳤다.

1918년 손정도 목사를 만나 독립운동을 결심하고 교사직을 그만둔 뒤 서울로 올라와 3·1운동에 참가했다. 5월에는 여성 독립운동 단체인 혈성부인회에 가입한 뒤 간부가 되어 장선희 등과 함께 상하이 대한민국 임시정부의 군자금을 모금했으며, 9월에는 강우규의 사이토 총독 암살을 지원했다. 10월에는 독립대동단(獨立大同團)에 입단해 사무를 담당하는 한편, 기관지 〈대동신보(大同申報)〉 간행에 관여했다. 11월에는 단장 전협(全協)의 지시를 받고 의친왕(義親王)의 상하이 망명을 주선했으나 12월 의친왕 망명이 실패하면서 단원 4명과 함께 일제 경찰에 체포되었다. 서대문형무소에서 미결수로 복역 중 1920년 3월 유관순과 함께 3·1운동 1주년을 기념해 옥중에서 만세운동을 전개하였고 이 일로 고문을 받아 유방이 파열되는 심각한 부상을 입었다. 징역 4년을 선고받은 뒤 3년 8개월간 복역하고 출감했다. 1945년 광복이 되자 충남 공주에서 한국부인회(韓國婦人會)를 조직해 여성 계몽운동에 힘썼다.

1963년 건국훈장 독립장이 추서되었다.

노순경(盧順敬, 1902년 11월 10일~1979년 3월 5일)은 세브란스병원 간호사, 독립운동가이다. 1919년 독립운동에 투신하기로 결심하고 동지 20여 명과 함께 태극기를 제작해 독립 만세운동을 벌이다 붙잡혀 경성지방법원에서 제령 7호 위반으로 징역 6개월을 선고받고 옥고를 치렀다.

1995년 대통령 표창이 추서되었다.

동풍신(董豊信, 1904년~1921년)은 1919년 3월 함경도 길주의 화대장터에서 독립 만세를 불렀다. 장터에 모인 군중이 만세를 부르자 일제 경찰들이 마구 총을 쏘아 장터 일대가 피바다가 되었다. 그때 일제 경찰의 총구를 조금도 두려워하지 않고 만세를 부르다 죽은 아버지를 들쳐 업고 대한 독립 만세를 외치자 일제 경찰은 '미친 소녀'라 하여 총을 쏘지 않고 사로잡았다. 함흥재판소로 잡혀간 동풍신은 "만세를 부르다 총살된 아버지를 대신하여 만세를 불렀다"라고 할 뿐 갖은 고문에도 애국심을 굽히지 않다가 감옥에서 죽었다.

1991년 건국훈장 애국장이 추서되었다.

임명애(林明愛, 1886년 3월 25일~1938년 8월 28일)는 구세군 사령부인, 독립운동가이다. 1919년 3월 10일과 26일 파주 와석에서 남편 염규호와 김수덕, 김선명 등과 격문을 배포하고 700여 명을 모아 만세운동을 두 차례 주도했다. 와석 면사무소를 부수고 주재소로 향하던 중 일제 경찰의 발포로 붙잡혔다. 6월 3일 경성지방법원에서 징역 1년 6개월을 받아 임신한 상태로 입소했다. 출산이 임박하자

1919년 10월 보석으로 풀려났다가 출산하고 11월에 아기와 함께 다시 입소했다. 서대문형무소 8호실 동료들과 유관순은 지극정성으로 아기를 돌보았다.

1990년 건국훈장 애족장이 추서되었다.

신관빈(申寬彬, 1885년 10월 4일~?)은 호수돈여고 사감, 전도사, 독립운동가 이다. 기독교 남감리파 전도인으로 1919년 3·1운동 당시 경기 개성군 개성읍 만월 정·북본정·동본정에서 동료 전도인 어윤희, 권애라, 심명철 등과 독립 만세운동을 주도했다. 조선독립선언서 2,000매를 마을 주민들에게 배포하다가 체포되어 4월 11일 경성지방법원에서 보안법 위법으로 징역 1년을 받았다. 1920년 3월 1일 류관 순 등과 함께 서대문형무소에서 만세항쟁을 펼쳤다.

2011년 건국훈장 애족장이 추서되었다.

남동순(1903년~2010년 4월 3일)은 어린 시절부터 이화학당까지 유관순과 소 꿉친구였다. 1919년 유관순과 3·1만세운동에 참여했다가 서대문형무소에서 옥고 를 치렀다. 당시 신익희 선생이 이끈 독립운동단체인 '7인의 결사대'의 유일한 여성 대원이었다. '7인의 결사대'에서 연해주와 몽골로 독립자금을 전달하러 가거나 정 보를 수집했으며 때로는 무장투쟁도 했다.

6·25전쟁 직후에는 '한미고아원'을 설립해 전쟁고아 1,000여 명을 돌봤고 2010년 사망하기 전까지 못 배운 사람들이나 아픈 사람들을 도와주는 데 힘썼다. 다시 찾은 나라를 제대로 지키고 발전시키려면 모든 이가 교육받는 세상이 되는 게 무엇보다

중요하다고 여긴 신념에 따른 일이었다. 유관순 열사의 당시 활동상을 기억하는 마지막 생존자로 유관순 표준영정 제작에 참여해 얼굴, 생김새, 체형, 복식 등을 증언했다. 제1회 윤희순상, 문화시민상, 3·1정신 대상, 국민훈장목련장을 수상했다.

장정심(張貞心, 1898년~1947년)은 등단한 시인으로 호수돈여자고등보통학교를 마치고 서울로 와서 이화학당유치사범과와 협성여자신학교를 졸업한 뒤 감리교여자사업부 전도사업에 종사했다. 1927년경 시를 쓰기 시작해 죽을 때까지 많은 시작품을 신문과 잡지에 발표했는데 주로 기독교계에서 운영하는 잡지《청년(靑年)》에 기고했다. 1933년 한성도서주식회사에서 간행한 첫 시집《주의 승리》는 신앙생활을 주제로 하여 쓴 단장(短章)으로 엮었다. 1934년 경천애인사에서 출간된 두 번째 시집《금선(琴線)》에는 서정시·시조·동시 등 200수 가까운 작품이 수록되어 있다.

"내게 당신이 한마디도 안 했어도/오늘은 확실히 알았읍니다/말은 없어도 당신의 눈동자에 맑고 진실한 사랑을 알았읍이다(맑은 그 눈)"와 같이 독실한 신앙심을 바탕으로 맑고 고우며 서정적인 종교시를 씀으로써 선구자적 소임을 다한 시인으로 높이 평가되고 있다.

손정도(孫貞道, 1872년 7월 26일~1931년 2월 19일)는 독립운동가, 감리교 목사이다. 대한민국 임시정부 임시의정원 의장과 교통부 총장으로 활동하였다. 그의 아들은 훗날 대한민국 해군의 아버지로 초대 해군참모총장과 국방부장관을 지낸 손원일 제독이다. 윤치호 일가와는 사돈으로, 윤치호의 이복동생 윤치창이 그의 맏사위다. 자는 호건(浩乾), 호는 해석(海石), 문세(文世)로 평안남도 출신이다.

1917년 우여곡절 끝에 협성신학교를 5기로 졸업했으며 1918년 6월 23일 장로목사 안수를 받은 뒤 신병치료차 휴직원을 내고 고향 근처 평양으로 이사 갔는데 이는 독립운동을 본격적으로 하려는 의도에 따라 계획된 행동이었다. 1919년 초 한국인의 주장을 널리 알리려면 만세운동을 벌여야 한다는 여론이 나오자 33인 민족대표로 서명하기로 했다가 파리강화회의에 의친왕 이강공을 참여시키는 일을 돕기 위해 평양에서 신한청년당에 입당했다. 그가 가정을 돌볼 수 없자 부인 박신일이 낮에는 기흘병원에서 잡역부로 일하고 밤에는 재봉틀을 돌리면서 생계를 꾸렸다. 박신일에게 가장 어려웠던 일은 일제 경찰의 감시와 압박을 견뎌내는 일이었다고 한다.

독립운동을 준비하기 위한 자금조달책과 조직망 가동을 책임지는 역할을 맡았으며 하란사를 통해 손병희 애첩인 주산월(朱山月)과 접촉해 손병희를 설득함으로써 그가 민족대표 33인에 참여·서명하게 했으며 경비문제를 해결하는 실력을 보였다. 가족을 평양에 남겨두고 홀로 베이징으로 망명길에 올랐으나 이강공의 강화회의 참석은 하란사가 갑자기 죽으면서 실패했다. 이 일에 참여했던 핵심인물은 해석, 현순, 최창식 등 모두 감리교 목사들이었다. 이들의 암호명이 손정도는 입정(立丁), 현순은 석정(石丁), 최창식은 운정(雲丁)으로 입석정(立石丁)이었다.

현재 북한에서는 손정도를 김일성의 은인이자 일제강점기에 활동한 독립운동가로 존경하고 있다. 1926년 무렵 손정도가 만주에서 김일성을 친아들처럼 돌보았기 때문에 '김일성 수령의 생명의 은인'으로 부른다. 북한에서는 2003년 10월 손정도 목

사 기념 남북학술토론회를 남한의 신학자들과 같이 열어 대한민국 임시정부 의정
원 원장으로 활동한 손정도의 업적을 기념하였다.

1962년 건국훈장 국민장이 추서되었다.

오화영(嗚華英, 오하영(嗚夏英), 1880년 4월 5일~1960년 9월 2일)은 독립
운동가, 정치인이다. 아호는 국사(菊史)로 본관은 고창이다. 어릴 때 한학을 공부하
다가 동학에 입문했으나 곧 개신교로 개종해 1906년 세례를 받았다. 협성신학교를
졸업하고 1918년 감리교 목사가 되었다. 1919년 3·1운동 때 민족대표 33인으로
적극적으로 참여했다가 징역 2년 6개월을 선고받고 복역했다. 기미독립선언서에
서명하는 데 그치지 않고 자신이 목회 활동을 한 적이 있는 개성과 원산 지역 만세운
동을 조직한 것이 드러나 비교적 중형을 받은 것이다. 출옥한 뒤 신간회에 참여했고
광주학생운동과 흥업구락부사건에도 연루되어 세 번이나 옥고를 치렀다.

광복 후에는 건국준비위원회 위원, 조선민족당 당수 등으로 추대되었으며 반탁운
동에 뛰어들어 대한독립촉성국민회 부회장, 미군정의 남조선과도입법의원 의원을
지냈고, 1946년에는 건국대학교의 전신인 조선정치학관을 세웠다. 1948년 이 학
교가 개명한 정치대학의 초대 학장을 맡았으며 1949년 6월 29일 민족통일총본부
10인협의회에서 선출된 민족통일본부 협의원에 지명되었다. 1950년 5월 30일 서
울 종로구에서 제2대 민의원 의원으로 당선되었으나 6·25전쟁이 일어나면서 납북
되었다. 북에서 활동한 구체적 자료는 없지만 1956년 결성한 재북평화통일촉진협
의회에 이름이 있다. 하지만 이 단체는 6·25전쟁 당시 납북된 인물들이 동원된 선전

단체였다.

1989년 건국훈장 대통령장을 추서했다.

강조원(姜助遠, 1875년~?)은 경기도 양주 출생으로 1898년 배재학당에 입학해 1902년 졸업했다. 1908년 개성교육회 임원으로, 1909년 대한협회 개성지회 평의원으로 활동하였다. 1906년 배의(培義)학교 부교장 겸 대한매일신보 개성지사원, 1910년 창유학교 교장으로 재직하는 등 개성지역 교육사업에 헌신했다. 1913년 수표교교회 전도사, 1915년 개성 동부지방 순행전도사로 활동한 뒤 1917년 집사목사 안수를 받고 개성 북부교회에서 시무하였다. 1919년 3·1운동이 일어났을 때 독립선언서를 어윤희, 신관빈 등에게 전달하면서 3월 3일 지방에서 최초로 일어난 개성지역 만세시위를 주도하였으며 이로써 실형을 받았다.

1921년 서울 종교교회로 옮겨 1922년 장로목사 안수를 받았으며 1922년 개성 북부지방 순회목사, 1925년 춘천지방 순회목사, 1927년 자교교회 개성구역장이 되었다. 1935년 개성 남부교회를 담임할 때 송도고등보통학교 재단법인을 조직하기 위한 실행위원이 되었으며 1937년 개풍군 풍덕교회를 담임하였으나 이후 행적은 확인되지 않는다. 그가 쓴 논문 〈물질적 낙원과 신령적 낙원〉이 1922년《신학세계》 7권 4호에 실렸다.

2011년 대통령 표창이 추서되었다.

정재용(鄭在鎔, 1886년 11월 6일~1976년 12월 31일)은 독립운동가이다. 황해도 해주에서 태어났으며 1911년 당시 6년제였던 경신중학교를 졸업하였다. 1919년 3월 1일 파고다공원에서 민족대표, 종교계 대표, 학생대표가 모여 독립선언식을 거행할 것을 알고 학생 약 5,000명과 함께 참석하였다. 하지만 민족대표들이 독립선언식 장소를 인사동 태화관으로 옮기면서 나타나지 않아 군중들이 혼란에 빠지자 팔각정 단상으로 올라가 독립선언서를 낭독하였다. 이에 격앙된 학생과 군중 수천 명이 만세를 외치며 독립 만세 시위를 전개하였다. 이 일로 8월에 체포되어 평양감옥에서 2년 6월형을 선고받고 감옥생활을 하였다. 출옥한 뒤에는 독립운동단체인 의용단에 참가해 서광신, 이기춘 등과 함께 항일운동에 진력하였다. 1977년 건국포장, 1990년 건국훈장 애국장이 추서되었다.

프랭크 윌리엄 스코필드(Frank William Schofield, 1889년 3월 15일~1970년 4월 12일)는 영국 태생의 캐나다 감리교 선교사이자 수의학자이며 세균학자이다. 일제강점기 조선과 독립 후 한국에서 활동하였으며, 제암리 학살사건의 참상을 보도한 그의 활동을 기념하는 뜻에서 '3·1운동의 제34인'이라고 부르기도 한다. 그가 만든 한국식 이름 석호필(石好必, 나중에 한자어를 石虎弼로 바꿈)은 오늘날 Schofield, Scofield 또는 이와 비슷한 이름을 쓰는 외국인의 별칭이 되었다. 한국의 독립과 인권에 관련하여 대한민국에서 존경받는 선교사이다. 한국식 아호(雅號)는 산남(山南)·남촌(南村)이다.

1917년 한국에 온 지 1년 만에 '선교사 자격 획득 한국어 시험'에 합격한 뒤 한국식 이름을 '석호필(石虎弼)'이라고 지었다. '石'은 종교적으로 굳은 의지를 의미하고 '虎'는 호랑이, '弼'은 돕는다는 뜻으로, 한국인을 돕겠다는 마음을 나타낸 이름이다. 한국의 여러 지명인사와 교제를 넓혔는데 그중에서 특히 기독교 사회운동을 YMCA 총무직으로 실천하던 월남 이상재(李商在) 선생과 김정혜(金貞蕙) 여사를 존경하게 되었고, 뒷날 김정혜 여사를 양어머니이자 사모(師母)로 섬겼다.

1919년 2월 5일 3·1운동 거사 준비로 이갑성(李甲成)과 몰래 만났으며 3·1운동을 위한 해외 정세파악 일을 맡았다. 또 3월 1일 탑골공원에서 만세시위를 하는 민중과 일제의 시위자 탄압을 사진으로 찍고 글로 적어 해외에 알렸으며, 4월에는 수원군 제암리에 가서 일본군이 제암리 주민들을 제암리교회에 몰아넣고 학살한 제암리학살사건으로 잿더미가 된 현장을 그의 표현대로 '(일본의 만행에 대한 분노로) 떨리는 손'으로 촬영해 〈제암리/수촌리에서의 잔학 행위에 관한 보고서〉를 작성했다. 당시 스코필드는 보고서로 일제의 만행을 고발하는 일과 함께 학살에서 살아남은 이들을 위로하는 일도 했다.

5월 일본인이 운영하는 영자신문 〈Seoul Press〉에 서대문형무소에 대한 글을 올리고 당시 노순경, 유관순, 어윤희, 임명애 등이 갇혀 있던 서대문형무소(여자 감방 8호실)를 직접 방문했다. 수감자 고문 여부를 확인한 뒤 하세가와 총독과 미즈노 정무총감 등을 방문하여 일본의 비인도적 만행의 중지를 호소하였다. 이처럼 그가 독립운동에 활발히 기여할 수 있었던 것은 영일동맹으로 영국계 캐나다 사람인 스코필드를 일본에서 간섭할 수 없었기 때문이다.

1920년 3·1운동 견문록 원고의 제목을 《끌 수 없는 불꽃(Unquenchable Fire)》이라고 붙였다. 그해 4월, 강도를 가장한 스코필드 암살미수 사건이 숙소에서 일어났으며 그달 학교와 근무 계약을 마치고 캐나다로 돌아갔지만 그곳에서도 여전히 한국인을 열심히 도왔고, 1926년에는 한국을 일시 방문하였다.

1958년 대한민국 정부가 광복 13주년 기념일 및 정부수립 10주년 경축 식전에 국빈으로 스코필드를 초빙하였다. 서울대학교 수의과대학에서 일하기를 자원해 수의병리학을 맡기도 했다. 1959년 〈한국일보〉에 2·4정치파동에 관한 소견을 기고했으며 남북미와 유럽에 있던 그의 친구들이 '스코필드 기금(The Schofield Fund)'을 만들어 그를 도왔다. 이후로도 대한민국 민주주의에 대한 글을 쓰거나 교육 장려 활동을 했다. 1970년 4월 12일 국립 중앙의료원에서 세상을 떠났으며 국립서울현충원에 안장되었다.

1968년 대한민국 건국훈장 독립장을 수상했다.

-위 글은 '위키백과'에서 뽑아 정리했다.

1919 유관순
그녀들의 조국

1쇄발행일 2019년 3월 10일
글 윤학렬 이은혜 김예천

펴낸이 강희제
펴낸곳 힐링21
디자인 김진디자인

주소 10881 경기도 파주시 직지길218(문발동)
전화 031-955-0508
팩스 031-955-0509
등록번호 제406-2009-000039
등록일자 1993년 5월 13일

ⓒ윤학렬 2019
ⓒ사진 하세(hase) 2019

※ 잘못 만들어진 책은 바꾸어드립니다.
※ 값은 뒤표지에 있습니다.

ISBN 978-89-969660-7-4(03810)